弱気MAX令嬢なのに、
辣腕婚約者様の賭けに乗ってしまった2

小田ヒロ

ビーズログ文庫

イラスト／Ｔｓｕｂａｓａ．ｖ

contents

ピア・ロックウェル
乙女ゲーム「キャロラインと虹色の
魔法菓子(マジックスイーツ)」のモブ悪役令嬢に転生し
てしまい、弱気MAXに！
ルーファス・スタン
乙女ゲームのクールキャラ枠
「宰相令息ルート」のヒーロー。
ピアの事情を何もかも察して、
過保護度MAXに！
人物紹介

マイク
スタン侯爵家の
警備責任者。
ピアの護衛。
キャロライン
『キャロラインと虹色の
魔法菓子』のヒロイン。
マジックスイーツ
ヘンリー
騎士団長の息子。
乙女ゲームの攻略対象の
うちの一人。
エリン
ヘンリールートの悪役令嬢。
ピアの友達。

プロローグ

研究室の窓を開けると、ふわりと花の香りを乗せた風が通りぬける。

私、ピア・ロックウェル伯爵令嬢(はくしゃくれいじょう)はこの春、みなし三年生、アージュベール王立アカデミーの最上級生になった。なぜ「みなし」かというと、地質学の分野で一応功績があり、既(すで)に卒業し博士号を持っているからである。

しかし、地質学の分野では最先端(さいせんたん)を走っていても、いかに転生者であれ知らない分野は山ほどあるため、残り一年、しっかり学ぶつもりだ。

——そう、私は転生者なのだ。

前世の私は日本に住む古生物学を学ぶ大学院生だったのだが、不幸な事故で命を落とし、かつての私がはまっていたスマホアプリゲーム、『キャロラインと虹色(にじいろ)の魔法菓子(マジックスイーツ)〈略してマジキャロ〉』にそっくりな世界に転生した。名前も出てこないシルエットモブ悪役令嬢という役どころで。

それに気がついた時の絶望たるや……このゲームの悪役令嬢は、自分の婚約者(こんやくしゃ)が攻略(こうりゃく)されるされないにかかわらず、全て断罪国外追放エンドなのだ。

しかし、家族や私の侍女であるサラ、そして私の婚約者であり、〈マジキャロ〉の攻略対象者でもあったルーファス・スタン侯爵令息が弱気な私を支えてくれて、先日、いわゆる断罪パーティーを乗り越えた。他の悪役令嬢の皆様と一緒にルーファス様の辣腕な手回しで、悪評も国外追放も免れたのだ。

ルーファス様以外の攻略対象者が皆体調を崩したので、もろ手を挙げて喜べる状況ではないけれど、それでも夢のようだ。大好きな家族と、大好きなルーファス様と、この世界で未来を一緒に歩むことができるなんて。今でもじんわりと涙ぐんでしまう。

これからは、〈マジキャロ〉に怯えず、私らしく、百歳まで生きるのだ！

「ピア様、換気は十分かと。夕刻の風は少し冷たいですし、もう窓を閉めましょう」

そう言いながら、マイクが窓の外を入念にチェックしたあと、窓の鍵を閉めて回る。この四階の私の研究室の窓の向こうに何を心配しているのだろう？

「ねえマイク。もう私の護衛、離れていいと思うの。だってキャロラインはいないんだから。そもそもマイクはスタン家の警備責任者なんでしょう？　私よりもお義母様をお守りしたほうがいいと思う」

キャロラインは事件の重要参考人として、しかるべき場所で軟禁状態となっている。

「それはルーファス様にお伝えください。おそらく却下されますが」

私の婚約者であるルーファス様はとにかく過保護なのだ。私が幼い時、〈マジキャロ〉の未来に怯え、目の前で倒れたり、泣いて縋ったりしてしまったものだから。

「ピア様には警備の必要があると私も判断しています。それにピア様の護衛は退屈しないので、お気になさらず」

イケメンお兄さんのマイクがニコッと笑ってくれた。付き合いの長さゆえか、この人も私に過保護だ。

私は肩をすくめて、締め切りの近い学会提出分の論文に取りかかった。

自分が採取したデータを両手で握りしめ、結論を導くべくうんうん唸っていると、研究室のドアがノックされた。マイクがなんの警戒もなく扉を開く。

「ピア、遅くなった！」

「ルーファス様。お疲れ様です」

体にきちっとフィットした、オーダメイドならではの濃紺のスーツに身を包んだルーファス様が現れた。

年始の高位貴族の婚約破棄を発端にした事件は公にはなっていないが、パーティー会場が舞台だっただけあって、知る者は知っている。そして、国政に少なからず影響を与えた。

　その余波を受けたお義父様である宰相閣下と、宰相補佐であるルーファス様はさらに激務になった。よってルーファス様は王宮に缶詰め状態でほとんどアカデミーに来ない。まあルーファス様も実は卒業してらっしゃるのだけれど。

　しかし、昨年からの習慣で、どんなに忙しくても週に一度は私との時間を作ってくれる。今日がその日だったのだ。

「ルーファス様、ひどい顔色です。私のためにアカデミーに立ち寄らなくても……」

「ピア、怒ってるの？」

　ルーファス様がかがんで私の瞳を覗き込む。

「まさか！　マイク、戸締まりをお願いします」

　私はルーファス様の腕を引いて研究棟を出て、スタン家の馬車に乗り込んだ。御者にスタン邸に先に寄るようにお願いする。

「ルーファス様、寝心地が悪いと思いますが、私の肩でお休みください」

「……そうさせてもらおうか。でもピアの肩じゃ、低すぎるな」

　ルーファス様は急に私の背中と膝下に腕を回し、私を膝の上に載せて抱き込んだ。

「な、な、なんですかっ！　突然！」

　急に目の前にルーファス様の麗しいお顔がどアップになり、目がくらむ！

「ん？　抱き枕」

ルーファス様は私をがっちり抱きしめ、私の左肩に額を載せたまま、どさりとクッションのきいた背もたれに沈み込む。

「ああ……やっとピアに会えた」

あまりの恥ずかしさにじたばたしていた私だったけれど、その呟きを聞いて、動くのをやめた。

……やがて寝息が聞こえだした。

「私も……会いたかったです」

疲れているなら会いに来なくていいなんて、お上品な建前だ。私の世界は結局ルーファス様を中心に回っている。今日が来るのをこの一週間、指折り数えて待っていた。

それをわかっているから、ルーファス様は無理を押して来てくれるのだ。私は腕をゆっくり彼の背中に回し、ぎゅっと抱きしめた。

「私ってば、本当に手のかかる女だわ」

私も目を閉じて、ゆっくり振動に身を任せていると、やがて馬車は静かに止まった。

身構える前に外から扉が開かれ、なんとそこにはスタン侯爵夫人であるお義母様が立っていた。私は羞恥で挨拶もできない。

「あ、あのっ、あのっ」

「あらまあ……ピアが寄るのなら挨拶だけでもと思って待ち構えていたのだけど……。この子、仕事を持ち帰って家でも全然眠れていないのよ？　困ったこと。でもピアにならば甘えられるのねえ。ルーファス、起きなさい！　ピアを帰さねばなりません」

　お義母様が閉じた扇子でパシリとルーファス様の腕を叩くと、ルーファス様はゆっくりと顔を起こし、目を細くする。

「……なんだよ。もう着いたのか。ピア、今日はうちに泊まってくれないか？　このまま抱き枕で……」

「嫁入り前のご令嬢を事前の連絡もなしに泊まらせるなんて行儀の悪いことはさせません！　ほら、降りなさい！」

「だから早く結婚したかったんだ……」

　ルーファス様はぶつぶつ文句を言いながら私の頬に口づけを落とし、私を座面に下ろして、馬車を降りた。

「ピア、何かあれば遠慮なく連絡するんだよ。どんなに立て込んでいても駆けつける。いいね？　おやすみ」

「おやすみなさい」

　キスの余韻にぼうっとしていたら、馬車はいつの間にか私一人を乗せてロックウェル邸に向け走り出していた。

　……ルーファス様のために、私にできることはなんだろう。

第一章 悪役令嬢ではなくなった私

私は十歳で前世の記憶を覚醒させて以来、初めてじゃないかという平穏な心持ちで日々を送っている。ルーファス様のおかげで。

しかし、それ以外の事件の関係者の皆様は、エリンをはじめ、未だ混乱の最中にいる。

キャロラインのクッキーは、はたして毒物で、それを食べたからフィリップ王太子殿下、ガイ先生、ヘンリー様、ジェレミー様は中毒症状に陥っているのか？

それが本当に毒物だったなら、どんな毒なのか？　なぜ四人とルーファス様が選ばれたのか？　目的は？　動機はなんなのか？

その『答え』は、キャロラインのクッキーは食べた人間を惹きつけることのできる魔法のアイテム〈虹色のクッキー〉で、彼らが選ばれたのはゲームの攻略対象だったから。『目的』はキャロラインが逆ハーを達成したかったから。

しかし、それは〈マジキャロ〉を知る私だけの解答。ここは乙女ゲームではなく、何億という人が生活している現実の世界。そしてこの世界は、前世と一緒で魔法なんて面白いものはない。

陛下の生誕パーティーでの婚約破棄という、派手な醜聞に気が取られがちだが、それに隠れた王太子の殺人未遂という事件。当然一般には伏せられているが、大がかりな捜査が行われている。

国の捜査機関もキャロライン一人でこんな大事件を起こしたなんて考えていない。ただ、中毒症状を起こした者の共通点が彼女のクッキーを口にしたことなので、それが原因ではないかと有力視され、全ての解決の糸口になる重要案件と見なされている。

なんのひねりもなく考えれば、キャロラインに一番近い人間……つまり親が一枚噛んでいるはずだ。ゆえにキャロラインの父親であるラムゼー男爵に、国の保安隊（前世で言う警察）は任意の事情聴取を申し入れた。しかし男爵は断った。疑われる理由がないと。

確かにキャロラインにしろラムゼー男爵にしろ、現状なんの証拠も動機もないのだ。

キャロラインは現在「殺人未遂」ではなく、ルーファス様をくだらない理由で国外追放した王太子への「教唆罪」で独房に入っている。そちらからも有益な証言は出ない。

父親はなんの罪も犯しておらず、娘の罪は唆しただけという比較的軽微なもの。強制捜査に踏み切るには弱すぎる。

完全に足踏み状態が続いているのだ。

「国史も近代史は、偉人がいないからロマンが足りなくって、やる気が失せるわねえ」

エリンが残念そうに言った。一番後ろの席とはいえ、教壇のシェリー先生に聞こえていないか、チキンの私はヒヤヒヤだ。

「近代史は、生き証人も資料も残っているからね。空想の入り込む余地はないもの」

その辺は前世の日本史や世界史と一緒だな、と苦笑する。

目の前で講義をしている国史のシェリー先生の婚約者だった算術教師のガイ先生も、〈マジキャロ〉の攻略対象者だった。

シェリー先生は本来であれば私やエリンと一緒に国外追放の憂き目に遭うはずだったが、それを回避し、「当面は婚約も結婚もしない！　私は学問に打ち込む！」と宣言したそうだ。来年から国費で海の向こうの学術都市に留学する権利を勝ち取ったらしい。同じ国外に行くにしても、追放と留学では全然違う。

はつらつと教鞭をとる先生を見て、ホッとするとともに、ガイ先生はじめ、攻略対象の皆様のことが気にかかる。

ルーファス様を除く〈マジキャロ〉の攻略対象者の中毒症状は、クッキーをくれるキャロラインが恋しくてたまらず、クッキーが手に入らなくなった今、飢餓状態や興奮状態を引き起こし暴れる、というものらしい。前世の違法薬物に似たものならば、今後もっと心身を痛めつけるかもしれない。想像して憂鬱な気分になる。

我に返り、すっかりおいていかれた板書を急いで書き写していると、授業終了の合図が鳴り、シェリー先生は颯爽と教室を去った。

放課後、エリンを我がロックウェル邸に招いた。

「あら！　エリン様、いらっしゃい！」

「おば様、お邪魔します」

母がふくよかな体で自分よりもずっと背の高いエリンをぎゅっと抱きしめる。エリンは最初こそ戸惑っていたものの、今では母を抱き返すようになった。

「エリン様、今度、週末にゆっくりおいでなさいな。エリン様のバイオリン、また聞きたいわあ」

「ふふふ、わかりました」

格上の侯爵令嬢に対する物言いには相応しくないが、前世の日本的に言えばご近所のおせっかいおばちゃんと思って許してほしい。あの荘厳なホワイト侯爵邸でいつもエリンはひとりぼっちだと思うとやるせなくて、つい、こんな我が家であれ誘ってしまうのだ。

今までずっと、エリンの孤独に気を配っていたヘンリー様がいらっしゃらないから。

私は発掘した化石をあちこち壁に飾っている自室で、エリンにお茶を出してもてなす。

「ごめんね。母はエリンのバイオリンの虜なの。私も兄も音楽は何一つ続かなかったから」

「ううん。喜んでくれて嬉しい。領地での地獄の特訓、受けた甲斐があったわ」

エリンの叔母様はプロの音楽家で、領地滞在中、ビシバシと指導を受けたらしい。叔母様は王都での事情を知ったうえで、エリンに雑念を抱かせぬためにそうしていたのではないか？　と私は思っている。

「叔母は筋がいいと言ってくれて、夏の演奏旅行に同行するよう誘われているの。ピアも実は卒業してるっていうし、ならば私もアカデミーに通わなくてもいいかしらって？」

「えええ！　エリンとまだ話し足りないから、授業に出ているのに！」

「ふふ、そう言ってくれるなら今回はお断りするわ。でも私、叔母の弟子になって音楽家として生涯生きていくのもいいと思っているの。婚約破棄されかかった令嬢など、傷モノと一緒だもの。そもそもこの騒動の前から結婚に何一つ良い印象などない、と言ったら、父も黙り込んで、新しい縁談の話をしなくなったわ」

私の中で何百回目かのヘンリー様への怒りが沸き起こる。彼が不用意に婚約者以外の女が作ったクッキーなんぞ食べるから、エリンはここまで傷ついた！

エリンとヘンリー様の婚約は、コックス伯爵家の嘆願で解消せず現状保留中だ。

「エリン……ヘンリー様とは？」

「……たまに手紙は届く。最初はインクがかなり震えたり滲んだりしていたけど、最近はだいぶまともな字になってきたわね」

クッキーの影響で、いっとき手が上手く動かなくなったのだろうか？

「どんなことが書いてあるの？」

「彼の日常と、謝罪。謝罪はもうお腹いっぱいよ」

「謝罪は受け入れるってこと？」

「受け入れるわよ。ヘンリーは結局嵌められたわけだし……まあ脇の甘さに笑っちゃうけれどね。尊敬する騎士団長閣下にも何度も頭を下げられたし。でも……」

エリンは当事者として、あの事件のあらましを説明されている。急な心変わりや紳士にあるまじきふるまいは、おそらくクッキーのせいだということも。謝罪は受け入れた。でもだからといってすぐに復縁という気分にはならない、ということだ。

エリンは涙が枯れるほど泣いたのだ。ヘンリー様を愛していたから。ヘンリー様の冷たい態度に、何度も鋭い刃物で身を切られる思いをしたのだ。

「ヘンリー様を許せない？」

「ピアも私に許したほうがいいと諭すの？」

「……ううん。私は完全にエリンの味方だから」

エリンが幸せで、私とずっと友達でいてくれるならば、私は親友の意思を尊重する。でも、エリンの幸せは、今もヘンリー様との未来にある……と思う。

私とルーファス様の付き合いよりもずっと古くからの婚約者同士で、ゆっくりと愛を育んできたのだ。それがこの一年で消え去るとは思えない。

でも、ヘンリー様は深い不信感をエリンに根づかせてしまった。

私の気高く美しい親友であるエリンの心を取り戻したくば、相当の努力が必要だ。ヘンリー様、間に合うかしら？　のんびり回復していたら、エリンは国外に出てしまうけど？

それにしても、あれから四カ月も経つのに……回復が遅い。ふと脳裏に、昨夏実験したネズミの姿が鮮明に思い出された。

週末はお義母様に召喚され、王都のスタン侯爵邸で、侯爵領運営の指導を受ける。今日は侯爵領の収支報告書を見せつけられ、ぞっとした。

「お、お義母様……これは……私なんぞが見てはいけないものだと思います……」

「もちろんまだ私も健在ですし、領地は先代から当家を支えてきた執事長のトーマが仕切っています。ピアは当面自分の研究に邁進していてよろしい」

「はい」

「でもね、先日の事件のように、突然体調を崩すこともありえるでしょう？　レオも私もルーファスも、ピアも」

「……はい」

「例年どういう内訳でお金がどれくらい出ていき、どのくらいの入りがあるのか、平均値を把握しておくこと。気になった時に帳簿を出させて、歪みがないか精査できる数値が頭に入っていることが肝心です」

お義母様のおっしゃることは正論だ。ルーファス様が公務でお忙しい以上、スタン領の統治に私もいずれ関わらねばいけなくなることはわかっている。

ただ……額がでかいのだ！　ゼロが九個あるお金の出入りってなんなの？　まあここまでゼロの多い数字だと、逆に自分のお金という意識が湧かなくていいのかもしれない。

私はひととおりの説明をお義母様から受けたあと、この二週間の領収書や証文を並べて、さくさくと帳簿に写し、チマチマと計算していく。

足元にはダガーとブラッドが、ボールを咥えて目を輝かせて私を見つめている。私だってあなたたちと遊びたいのよ～！　彼らの期待に応えるべく、必死に筆算する。日が高いうちに、庭に出してやらなければ！

「まあ……こうも抵抗なく帳簿付けしてしまうとは……ピアは細かい作業を好むの？」

「慣れているだけです。測量も地質調査も数字の羅列ですので」

誰かこの世界に表計算ソフトを開発してくれないかしら？

「そうね、好き嫌いじゃない。やらねば領民が死ぬからやる。我々の役割はそれだけね」

お義母様はそっと私とダガーとブラッドの頭を平等に撫でた。ペット扱い？

一心不乱に計算していると、予定の時間を過ぎていて、いつの間にか私は泊まりのスケジュールに変更されていた。明るいうちに我が家には連絡をしてくれたらしい。

お義母様は私と軽めのディナーをとって、夜会に出発した。会場でお義父様と合流するそうだ。正式な夜会は深夜に及ぶ。私が侯爵夫人になった時、居眠りしないか心配だ。

侯爵邸の自室でとりあえず記入の終わった書類を精査していると、階下で人の気配がした。時計を見ると、もうすぐ日付が変わる時間だった。

驚いているとトトンと忙しいノックがあって、扉が開いた。

「ピア！　こんな遅くまで働いているなんて！」

それはこっちのセリフだ、と、入ってきたルーファス様に心の中で突っ込む。

「おかえりなさい。ルーファス様」

ルーファス様は私に手を伸ばしたものの、スーツ姿の自分を見て、ちっと舌打ちし、

「汗を流して着替えてくる。ピアもその書類を片付けて寝る支度をしておいて？」

そう言って慌ただしく出ていった。

寝る支度も何も、私は既に入浴を済ませ、ナイトドレスにガウンを羽織った姿だ。

「サラ、普段着に着替えなおしたほうがいいかな？」

「はあ、もう今更ですよ。お小さい頃から、ルーファス様には寝起きのパジャマで涎を垂

らしてる姿を散々見せてきたでしょう？」

「うそー！」

私は思わず口元をぬぐって鏡の前に行く。今更ながら、ガウンの打ち合わせを綺麗に整え、髪を櫛で梳いていると、再びノックされて、部屋着になったルーファス様が髪を濡らしたままやってきた。部屋中にいつもの柑橘系の香りが強めに広がる。シャンプーなのかもしれない。

「サラ、マイク、下がって。もう夜更けだし明日も早いから、少し話したら私も部屋に戻るよ。心配ならドアの外にいてもいいけど」

ルーファス様の言葉にあっさり出ていく二人組……。まあこの家で不埒な真似などできっこないけれど。それを見送るとルーファス様は驚く隙も与えずに私を抱き上げソファーに運び、いつもどおり膝に横向きに座らせた。

「ピアがうちにいてくれて嬉しい。母の策略に乗るのも忌々しいが……」

「毎日こんなに遅いのですね。いつまで続きそうですか？」

「エドワード第二王子が仕事を覚えるまでだな」

つまりフィリップ王太子殿下は、今後、元のようにバリバリ公務をこなすことが見込めないということだ。〈虹色のクッキー〉のせいで。ヘンリー様は徐々に回復に向かっているようだけれど、殿下はじめ他の皆様の症状は彼よりもずっと重いようだ。

「何か、新しい局面に入りましたか？」

そう言って捜査の進捗状況を聞くと、ルーファス様は小さなため息をついた。

「保安隊は完全に行き詰まった。だが、関係者は皆、うやむやになることなど許さない」

被害者は皆輝かしい未来を約束された令息令嬢。クッキーの成分はまだ解明されていないけれど、毒だとしたら、あのまま死んだかもしれないのだ。このまま未解決事件になるなんて誰も納得できない。

「ということで、陛下がとうとう『王命』を発令し、ラムゼー男爵家を家宅捜索した」

「『王命』ですか……」

王の保有する権限で最も大きいものが『王命』だ。それはたとえ、殺人であっても絶対に成就される。この国の絶対的支配者である証。臣下は必ず従わなければならない。

もちろん『王命』は記録に残る。くだらない『王命』を行使すれば、国民の心は離れ、末代まで恥を晒すことになる。ゆえにめったなことでは発令されないし、法学者や宰相などの意見を聞いたうえで慎重に……というのが慣例だ。

先日の王太子殿下の、ルーファス様への国外追放という『命令』は、『王命』に準ずるものになる。背中の女性におねだりされて、易々と『命令』したゆえに、陛下は怒ったのだ。

そして、陛下の怒りは今もずっと続いている。殿下の容態が、改善しないから。

貴族籍であるラムゼー男爵は間違いなく国王陛下の臣下。逆らえない。

「それで、何か出ましたか？」

「何も。ただ、ただ……」

「ただ？」

「ラムゼー男爵はこと切れていた」

　――なんてことだ。

「ピア、大丈夫？」

「……はい。冷たいようですが、会ったこともない方ですもの」

　悲しい、なんて偽善は言えない。大変お気の毒だとは思うけれど。ただ、驚愕している。子どもの不始末を気に病んだ？　責任を取るために自殺？　それとも……男爵に全ての罪を被せたトカゲの尻尾切りだろうか？

「遺書はあったのですか？」

「うん。『このたびは娘の恋心が暴走して申し訳ない、死んでお詫びをする』というような内容だった」

「……真筆でしょうか？」

「わからない」

　ルーファス様がそう言うということは、信じていないということか？

「すっかり……藪の中ですね。このまま捜査は打ち切りでしょうか？」

「まさか。さっきも言ったけれど、どの親も怒りで煮えたぎっている。そして、結果的にクッキーを食べなかった私が無事で、量を控えたヘンリーが比較的軽症だったことを、彼らの家族からねちねちと嫌味を言われているよ」

「そんな！」

私たちは昨年夏の段階で、ちゃんとクッキーが危険である可能性を陛下に上奏した。そしてその報告書はジェレミー様のお父上である医療師団長も目を通しているはずだ。しかしクッキーからは既存の毒のエキスは出ず、あのラット検証だけでは信ぴょう性に足りないとお認めにならなかったのだ。まともにとりあってくれなかったのはあちらなのに！

「ああ、ピア。熱くなる必要はない。私も父もその程度で傷つきやしないから」

「そんなはず……ないでしょう？」

どんなに強い人であってもどうしようもないことで責められたら、悲しい。私はルーファス様の服をぎゅっと摑み、額を彼の胸に押しつけた。

「ピア？　私は本当に……いや、ありがとう。ピアさえわかってくれればいいんだ。話を戻すと国を挙げての捜索は、解毒の糸口が見つかるまで続くよ」

「皆様は現在どのような状況なのでしょう？」

「個室に隔離されて、体の毒を排出する注射を打ち、暴れたら眠らせるの繰り返し。なかなか……厳しいね」

「毒が特定されず、ピンポイントに効くお薬がないからなのでしょうね」

フィリップ王太子殿下とアカデミーで直接お会いすることはなかったけれど。明るいお人柄に婚約者のアメリア様はじめ人が集まり、どこにいても華やかな集団だった。そしてその集団のマスコット的な存在だった年下のジェレミー様。その華やかな皆様が学内からいなくなり、今のアカデミーはどことなく活気がない。

「心のどこかで、フィリップ殿下が元気になって戻ってくるんじゃないか、という思いがあったけれど、陛下から直々に、今後はエドワード殿下を支えるように言われた。これからはもっと踏み込んだ業務も覚えてもらわねば」

「王太子は……第二王子殿下に移行するのですね」

国として、機能しない王太子をそのまま据えておくことなどできない。フィリップ殿下はおそらく臣籍に降下。陛下……ジョニーおじさんは苦しんでらっしゃることだろう。

「まだここだけの話だからね。エドワード殿下も大変だろうが頑張ってもらうしかない」

エドワード殿下は私たちの二つ年下で、今年アカデミーに入学している。しかし学内で見かけたことがないので、ルーファス様と同じく王宮に缶詰めの状況なのだろう。

「エドワード殿下も優秀なのだが、これまでの教育が圧倒的に足りない。しかしこうなった以上、フィリップ殿下に劣らぬ帝王学を身につけ、王太子の職務をなんとかひととおりできるようになってもらわなければ」

玉座に就くのは間違いなくフィリップ殿下だ、という認識のうえでのスペアだったエドワード殿下。兄殿下ほど帝王学や王太子独自の職務に精通していないのはしょうがない。

宰相補佐という仕事に就きながら、王太子としての仕事をエドワード殿下に指南し、殿下が残してしまった分を、遅くまでルーファス様が捌いているのだ。

こんな生活を続けていたら、いつか体を壊してしまう。お義母様も心配している。どうすれば、仕事量を調整してくれる？　完璧主義のルーファス様が加減などするはずがない？　ならば……。

「ルーファス様、賭けをしませんか？」

ルーファス様がちょっと驚いた様子で私を見る。

「……ピアから賭けを持ち出すなんて初めてだね。『結婚が先か化石が先か？』の賭けはまだ続行中だけど、それとは別にってこと？」

「はい」

「ふーん。聞かせて？」

ルーファス様は私を放し、腕をソファーの背もたれに回してニヤリと笑った。

「年内にルーファス様がエドワード殿下を立太子させられるか？　でどうでしょう？　私自身の賭け課題よりも先に無事立太子させられたらルーファス様の勝ちです！」

結局、エドワード第二王子殿下をとっとと一人前にする以外、ルーファス様が楽になる方法はないのだ。

「ピアの賭けの課題はなんなの？」

「私のほうの賭け課題は……ルーファス様よりも先に、自分の研究目標を達成できたら私の勝ちにします！」

私の目標はクッキーの毒成分の解明。毒なんて専門外だけど、ルーファス様やエリンの話を聞いて、もはやじっとしていられなくなった。

〈マジキャロ〉を知る私だからこそ、クッキーが原因だと確信できるし、ゲームの知識で何か解決のヒントを見つけられるかもしれない。

それによってルーファス様を援護して心労を減らし、ヘンリー様たちの回復に繋げられればと思う。ルーファス様の奮闘の裏で私だけ部外者の体でのんびり過ごすことなどできっこない。私だって少しでも役に立ちたいのだ。

でも、このことは口にすると心配させるから、こっそり、ひっそり進行しよう。

「ピアの研究？　化石か？　内容を教えてくれないと私にはピアが達成したか否かわからないだろう？」

「私がルーファス様に嘘をつけるはずがないじゃありませんか。達成したらきちんとご報告できる内容なのでご安心ください。私もルーファス様と同じ方向を向いて一緒に頑張りたいだけです」

「まあピアの研究はなんであれ有用なことはわかっているけれど、危険ではないよね？」

「自宅を出る時は必ず護衛をつけてもらってますから大丈夫！　ではこの賭け、私が勝てばルーファス様に私の化石発掘の荷物持ちを一週間してもらいます」

「ふーん。私が勝ったら？」

「ルーファス様の願いを一つ、叶えて差し上げます」

　このエサに食いついてくれればいいのだけれど、と祈るような思いでルーファス様を見上げれば……ルーファス様の目がギッラギラに輝いていた！　思わず及び腰になる。

「も、もちろん、私にできる範囲ですよ？　月を取ってこいとか、プテラノドンの全身化石とかは無理ですからねっ！」

　ルーファス様はみるみる破顔し、私をぎゅうっと抱きしめた。

「ふ、ふふふ、あーっはっはっは！　ピア、その賭け乗った！　俄然やる気が出てきたよ！　よーし明日からエドワード殿下にガンガン詰め込むぞ！」

「は？　ん？」

「ピア、女に二言はないよね？　覚悟しといてね？」

　あれ？　これはひょっとして間違った？

　えーっと私、非常に、軽率な賭けを、持ち出してしまったようです？

第二章 辣腕婚約者様の誕生日

空気が軽やかになり若葉が芽吹き始めた矢先、王宮から国民に向けて、フィリップ王太子殿下が落馬して大けがを負い、当面復帰できる見込みがない。ゆえにエドワード第二王子殿下に王太子の仕事を担ってもらう、という公式の発表がなされた。

毒で暗殺されかけた、精神に作用する中毒症状が出ている、などということは、どうやら秘匿することに決定したようだ。

とにかくこれでルーファス様は大っぴらにエドワード殿下に仕事を教えることができるようになったらしい。それはデスクワークのみならず、社交でも同様。

これまでフィリップ王太子殿下は、重要な会議やパーティーはほとんどルーファス様をストッパーとして連れ歩いていた。ゆえに、不慣れなエドワード殿下の手助けとして、当面同行している。交渉相手が初顔合わせの時に、どこまで話が進んでいるのか、から、相手の趣味に沿った話題の提供まで、耳元で囁いているらしい。

ということで、やはりルーファス様はアカデミーに来ない。エドワード殿下も未だ登校されたことはない。私とルーファス様のデートは相変わらず週に一度、帰路の馬車の中だ。

「今日も私の肩で寝ますか？」

「そうさせてもらおうかな」

ルーファス様は私の左肩に頭を載せる。

「ピアの『目標』の進捗状況はどう？」

「ぐっ……ただいま、どのアプローチから攻めるのが効率的か検討中です」

「まだそんな段階なのか？　私のほうは立太子が公になったエドワード殿下が、以前よりもやる気を出してくれるようになったから順調だよ。賭けは絶対私が勝つから、首を洗って待ってろよ！」

「ふふふ。はい、待ってます」

滞りなく王太子の移行が執り行われて、ルーファス様がせめて元の？　忙しい生活に戻れますように。


そうこうしているうちに草木も生い茂り、衣服も軽やかなものに替わる季節となった。もうすぐルーファス様のお誕生日だ。

これまではプレゼントに化石や前世のTレックス、プテラノドンなど男子大人気の恐竜シリーズを刺繍したハンカチを渡してきた（一応今年の分もチクチクと刺している）。

「……ピアのくれるものならなんであれ嬉しいよ？　ありがとう？」

と言って受け取ってくれるが、喜びのあまりむせび泣く、なんてことはついぞない。結局私は贈り物のセンスがなくて、毎年悩みに悩んでいる。

「エリン！　大事な人へのプレゼント、いつも何を渡してる？」

今日は雨なのでランチは中庭ではなく、私の研究室にお招きした。

「ああ、もうすぐルーファス様のお誕生日なのね？　仲のよろしいことで」

ヘンリー様との婚約問題に決着がつかない中、こういう話を振るのは無神経だろうか？と思っていたけれど、「そういう変な配慮はかえってイライラするからやめて！」とエリンに先日怒られた。

「ちゃかさないで！　本当に困ってるんだから！　マイク、この話は内緒にしてよ？」

マイクがにっこり笑って頷いた。

「ピアはこれまで何をあげたの？」

エリンがサンドイッチを選びながら聞く。

「刺繍入りのハンカチとか、兄の薦める革財布とか」

「ふーん。意外とまともね」

「でも今年は何かこう、パンチがあるものをあげて、いつもよりも、もっと喜んでほしいの！」

だって、なんのかんの言いながら、国のために身を削って頑張っているもの。

「パンチねえ。ピアが頭にリボン巻いて『プレゼントはわ・た・し!』っていうのが、ルーファス様は一番喜ばれると思うけど?」

エリンってば……。でも、こんな冗談を言えるようになったということは、少しずつ本来の明るいエリンに戻りつつある証拠? 嬉しい。

「おほん、ちなみにエリンはこれまで仲のいい皆様にはどんなプレゼントを?」

「つまり、ヘンリーへ贈ったものでしょう? そういえば彼、もうすぐ王都に戻るらしいわ。ルーファス様にお伝えしておいてくれる? それはさておき幼い頃は私もやはりハンカチね。他は護身用ナイフ、刃物の手入れ道具一式、冬生まれだから暖かいコート、一昨年はお揃いの片手剣よ。名前を彫ってもらったら、とてもおしゃれになったわ」

「お、お揃い! 素敵だわ! ロマンチック!」

――昨年のプレゼントが飛んだことは、あえて聞き返さない。

「ええ。それに名前が入ると、自然と大事にしたくなるわよね」

エリンがおもむろに、バッグから短剣を取り出し、革製の鞘を外す。鈍く銀色に光るその刃の下方、グリップのすぐ上に『エリン』と彫ってある。

「かっこいい! それ採用! 私もお揃いの剣に決めたわ!」

「ちょ、ちょっと待って? ルーファス様はさておき、ピアは剣なんて使えないでしょう?」

「そ、そういえば……私が剣を持っていても、意味ない……」

せっかくナイスアイデアと思ったのに……。がっくり肩を落とす。

「そんな落ち込まないの！　ほら、ここはやはり男性の意見を聞くに限るわ。マイク、剣の代わりになるもの、何かないですか？」

いきなりエリンから話を振られたマイクは自分に向かって指をさす。

「そうですね……騎士を目指すコックス伯爵令息にとって、剣は商売道具だから身近で喜ばれたのでしょう。ピア様もルーファス様の商売道具から選ばれては？」

「ルーファス様の商売道具……文具かしら？」

「あら、いいんじゃない？　お揃いのペンとか。ピアはあまりこだわりなさそうだけど、ペンも色形さまざまあって、大好きなペンで書くと、勉強が捗る気がするわよ？」

「そ、それに決めた！　エリン、そのモチベーションアップのペン、どこで手に入る？」

「ふふふ、じゃあ週末一緒に買いに行きましょうか？」

「エリーン！」

生まれて初めて、ショッピングに誘われた！

「行きます行きます！　いいよねマイク？　ルーファス様のお誕生日まで内緒にしてくれる？　お願い！」

「私もついていってよろしければ」

「やったー！　ランチデート初めて～！」

「『初ランチデート？』」

待ちに待った週末、いろいろ悩んだ挙句、マイクのアドバイスで白衣を脱いでの制服デートになった。エリンは侯爵令嬢だし、着飾って悪漢に襲われでもしたら大変だ！　まあ逆にのしてしまいそうな気もするけれど。

王都の街はアカデミーの学生に好意的だ。勉学を応援する気持ちもあるし、ほとんどが貴族のため買い物の支払いを踏み倒される心配もない。

マイクはスタン家の軍服？　や教師擬態服ではなく、近所のお兄さんに変身した。二人でエリンを待つ。友人との待ち合わせすらも初めての経験だ。

「ピア、マイク、待たせたかしら？」

いつ見てもスッキリした制服姿にポニーテールのエリンが登場した。

「ううん、わくわくして早く着きすぎただけ！」

「そう？　私も楽しみなの！　では行きましょう！」

エリンについて商店街をキョロキョロ眺めながら歩く。フィールドワークで野山やら田舎町はあちこち歩いているけれど、都会の街ブラは初めてだ。クッキーを食べさせないよう目論んだ『ヘンリー様、常にお腹いっぱい大作戦』では目的の店に一直線に行って、お昼休みに間に合うようにダッシュで戻るだけだった。

人が多く活気がある。商品も潤沢に流通しているようだ。お義父様やルーファス様が一生懸命働いてくださっているおかげだと思うとジーンとする。

「ピア、ここが私のおすすめの文具店よ」

よく侯爵令嬢がこんな場所をご存じだなあ？　と思うほど、大通りに面してはいるものの小さな間口だった。ドアを開けるとカランカラン……と上から音が鳴る。中は所狭しと文具が陳列されていて、通路は一人歩くのがやっとだ。

実用性重視の茶色っぽいノートやのり、ハサミなどの種類も多いが、エリンが指し示す場所にはカラフルでさまざまな形のペンがある。

「すごい……」

現世で主流のペンは、前世で言う万年筆に近い。一目で気に入ったのは胴軸が琥珀色のペンだった。

「マイク、握ってみて。男の人目線で使える？」

「握りやすいですよ。喜ばれるかと」

私の手には少し太いけれど、値段は一万ゴールド弱。手作りと思えば妥当だろうし予算内だ。あとは書き心地？

カウンターの向こうで鼻に眼鏡を引っかけて作業している職人さんに声をかける。

「すみません、試し書きしてみたいのですが？」

職人さんがピクリと肩を揺らした。

「ピア！　新品のものにインクを入れて試しに書いてみたいなんてありえないわ！」

……失敗した。前世では、ボールペン売り場で好きな細さや色を手軽に書き試していたからつい。そりゃそうだ。インクを入れた時点で未使用ではなくなり、試した結果、これじゃないいって言われたら怒るわよ。一本一本丹精込めて作っているのだ。

「す、すみません！」

すぐさま頭を下げた。

「いや……非常識だと一瞬思ったが、よくよく考えたら真っ当な話だ。学生さんにはうちの商品はちと高いからな。書き心地まで納得して買いたいというのは……。よし！　ここに商品にならなかった失敗作が何種類かある。書き試してみて、一番気に入ったものに近いペンをワシが選んでやろう。好みの胴軸に交換できるものならば対応しよう」

「わあ！　ありがとうございます！」

「いや、こっちこそいい商売のヒントを貰った。ほら、この裏紙でいいか？」

貸してくださった八本のペンはどこが失敗作なのかさっぱりわからなかった。ついひとりごとを呟く。

「これ、アウトレットとして売ればいいのに」

「……嬢ちゃん！　あう……ってなんだ？」

私は一本ずつクルクル円を描きながら、アウトレット販売について説明する。

「しかし、そのBきゅーひん？　を売ると値崩れを起こすんじゃないのか？」

いつの間にかエリンも自分のサインを、ペンをとっかえひっかえしながら試している。

「そうですねえ……では一年に一度のお客様大感謝祭！　日頃のご愛顧のお礼！　って特別感を出してはどうでしょう？　そうすれば日常の販売に影響は出ないと思います」

「なるほどねえ……嬢ちゃん、他に商売のアイデアはあるかい？　ワシは根っからの職人で、物には自信があるが、商売は上手くいかず赤字と黒字を繰り返し……」

「うおっほん！　ピア様！」

「あ、マイク！　ごめんね待たせて。ご店主、私、これに致します。とっても中指への当たりがソフトでした！」

「ご店主、私はこれを二本！　私、剣を握り込みすぎて握力がついてしまって筆圧が強いのだけれど、力が入っても字が太くならなかったの！　ペンによってこんなに筆跡が変わるなんて衝撃よ！　目から鱗だわ！　ピア、私もこれなら女性らしい字を書けるわ！」

「なるほど……好みは千差万別だなあ……」

ご店主はモーガンさんと名乗ってくれた。モーガンさんは私とエリンの要望に合うものの未使用品をそれぞれに選んでくれた。

私は一本目にはルーファス、二本目にはピアと、名前を彫ってもらうようにお願いした。

「素敵なアイデアだわ。ピア、真似してもいい？」

名前を入れるのはもともとエリンのアイデアだ。もちろんと私は頷いた。

エリンの選んだペンの色は燃えるような赤。ヘンリー様の髪の色だった。私は他の商品に気を取られて気がつかないふりをした。

採掘に使えそうな首に掛ける紐つきの画板や厚めの模造紙、硬い土を削る時に使えそうなサンドペーパーなどもあり、結局私は商品棚に張りついて、どんどん選ぶ。

私が夢中になっている間、マイクはモーガンさんと何か話していた。

「店主……」

「黒鷲の紋章？　……ひえっ！　ス、スタン侯爵家！」

「先ほどの試し書きをはじめ、ピア様に教えていただいた商売の手法は絶対に外に漏らすな。今夜改めて人をやるので、その時に細部を取り決め、契約する。いいな？」

「は、はい！」

「マイク？　怖い顔してどうしたの？　モーガンさんお会計お願いします」

マイクが今度は困った顔になった。

「ピア様、ルーファス様からスタン家の支払いにするようにと言いつかっております」

「マイク……ルーファス様へのプレゼントにスタン家のお財布を使うなんてありえないで

しょ？」

　私にだって、ジョニーおじさんがくれた報酬があるのだ！　まあヘンリー様のためにかなり減ってしまったけれど。

「名前を彫るのに小一時間かかるそうですが、どうされますか？」

　マイクがしぶしぶ財布を引っ込めながら、女子二人に尋ねる。

　するとエリンも代金を支払いつつ提案した。

「じゃあうちの店にいらっしゃい！　この近所にホワイト領の特産品を扱う店を出したのよ。軽食なら用意できるし、ピアの意見を聞かせてほしいの！」

「え？　エリンの領地の？　行きたい！　近いの？」

　私たちは一旦店を離れることにした。なぜかモーガンさんに深々と頭を下げられた。お客様は神様ってことかしら？

　その店はモーガンさんのお店から五分とかからなかった。ホワイト侯爵家の温室にあったような、色鮮やかな花の咲いた鉢植えや果物が店頭から奥のほうまで賑やかに並び、清潔感のあるスタッフが迎えてくれた。

「うわあ、ちょっとした南国の気分が味わえるねえ。華やか！」

　前世でも首都にある地方のアンテナショップによく足を運んでいたのを思い出した。貧乏苦学生だった私は旅行に行くお金などなくて、アンテナショップで有名なお菓子や珍しい瓶詰などを買って楽しんでいた。

　エリンがスタッフに声をかけ、二階に案内してくれる。通された部屋は少し格調の高いテーブルセットが置いてあり、喫茶スペースではなく、商談スペースであることが窺える。

　私はエリンと向かい合って座り、マイクは私の背に立っている。

「エリン、女性がワクワクするお店だねえ」

「昨年ピアがうちのフルーツにアドバイスしてくれたでしょう？　それをもとに、珍しい特産物をお披露目して希少価値を上げるために、父にお願いしてこの店を立ち上げたの」

「エリンが？」

「そう。ヘンリーから婚約破棄されても、少しは使い物になる人間だと証明したくて……あ、博士のアイデアだって、ピアの名前を使ってしまったの。ごめんね」

「そんなのはいいけど……」

　エリンは結婚しないでも生きていける道を模索したのだ。この店といいバイオリンといい、侯爵令嬢であるにもかかわらず……私が化石にしがみついたように。おそらくヘンリー様以外との結婚になど、夢が持てないからだ。やるせない。

「でも、もともと採算が取れるとは思ってなかったのだけど、こうまで儲からないとは。希少価値に惹かれて一度買ってくれたお客様は、必ずお気に召してリピーターになってくれるのだけれど。このままでは兄におままごとだと笑われて、打ち切られてしまうわね」

エリンがはあ、とため息をついたところで、スタッフが軽食を運んできてくれた。フルーツたっぷりのサンドイッチだ。

「うわあ！　赤に黄色に緑！　色とりどりの宝石箱だわー！」

「さあ召し上がれ。マイクもよろしければ、男性の感想をお聞かせください」

どっかのグルメレポーターのようなことを言ってしまう。

「いただきますっ！」

私はためらいなく一番手前のものをパクリと口に入れた。これは苺？　出回っているものよりも格段に甘い。これは……なんとメロンだ！　現世で初めてだわ！　クリームもくどくなくて、フルーツの邪魔にならない。

「このグリーンのフルーツ、とても美味しいですが、一ついくらするのですか？」

マイクが立ったまま食べて、エリンに聞く。

「カロナメロンね、一万ゴールドってとこね」

「それは……庶民には高嶺の花ですね」

確かに高い。でも、設備やら肥料やらにコストがかかり、大して儲かっていないはずだ。

少しでいいからこの美味しいものを自国に普及したい！　という熱意をどうにか伝えられないものか……。

そう思いながらもう一口食べると、ねっとりした甘みが広がる。サンドイッチの断面を見ると、真っ黄色の果物だ。

「エリン、この黄色い実は何？」

「それはキレン。甘いでしょう？」

バナナとマンゴーの中間のような味。安ければ絶対万人受けする。安ければ……。

「エリン、これをミルクでかさ増ししたジュースにして、五百ゴールドで売ったらどうかしら？　この店での買い物のとっかかりになるように？」

「……誰か、書くもの持ってきて！」

私が思い浮かべるのは、ずばりシェイクだ。このキレンという果物は味が濃厚。ミルクでかなり割っても特徴は失われないはず。そして我が？　スタン領は北国で氷の産地だ。これから夏に向けて、細かく砕いた氷と共に混ぜて、ワンカップ売りすれば採算は取れるのではないだろうか。軌道に乗ったら、他のフルーツで第二弾。

「ピア、ちょっとバックヤードに付き合って！　今試してみて！」

厨房のシェフにイメージを伝えるとあっという間に作ってくれた。私とエリンはもちろん手を出したりしない。私たちは料理下手と運命づけられているのだから。

「美味しい……美味しいわ！」

エリンの目に輝きが戻る。

「よかった！　味は問題なしね！　マイクはどう？」

「味は好みによるでしょうが、さっと飲めて腹持ちがよければ我々のように体力勝負の人間には嬉しいですね。スタン領の氷も、ピア様のお友達価格で融通できるかと」

まあ鮮度が命だから持ち歩きはできないけれど、デートで男性と一緒に飲むのにもオススメできると思う。

エリンがせっかく身を立てるために発案したお店、黒字経営とまではいかないまでも、アンテナショップとしての役目を果たせるだけの、成果が出てほしい。私もできるだけ足を運んで、店頭でゴクゴク立ち飲みするサクラになろう。

「通りで立ち飲みスタイルですって？　それはちょっとお行儀悪すぎないかしら？　せめてベンチは置かないと……あら？」

エリンが二階の窓から下の店先を覗き込み、声をあげた。エリンの視線の先には同じ紙袋を腕に下げて、キャッキャと通りを渡っていく若い女性たちがいる。

「あの水色と白の縦じまの紙袋、最近あちこちで見かけるわよね。なんでも見たこともない珍しいスイーツばっかり並んでいるお店のものだとか？」

「あっ！　もしかしてマカロンのことかな？　それなら私も食べたことがある」

きっとジョニーおじさんがいつも差し入れに持ってきてくれるお菓子だ。あの爽やかな紙袋にも見覚えがある。

「マカロン？」

しまった！　つい前世のスイーツ名で言ってしまったけれど、この世界のお店では違う名前で売られているかもしれない。

「えーっと、とにかく目新しくて美味しいお菓子だったよ！」

「ふーん。ピアのお墨付きならば、私も今度買ってみようかしら」

……なんとかごまかせたようだ。

それにしてもマカロンにたまごボーロ、シュガーラスクも一度あったっけ？　前世を思い出させてくれる懐かしい味の差し入れに、いつもほっこり和んでいるけれど、ふと引っかかった。前世のお菓子にそっくりなのはただの偶然なのだろうか？　一流の職人なら違う世界であっても、あの味や形状を思いつく？　いや、あまりに似すぎている。

キャロラインに前世の記憶があり魔法菓子である〈虹色のクッキー〉を作り出せたことを考えると、前世で馴染みのあるお菓子を作る菓子店というのも、なんだか一切関わりがないわけではないように思えてくる。

まさかキャロラインは手作りと見せかけてそこから仕入れていたとか？　……そんなわけはないか。こんなに流行っているのに、その菓子店からは中毒被害が出ていないもの。

うんうん唸っていると、エリンが時計を見て口を開いた。

「ピア、そろそろペンの名入れが出来上がった頃じゃないかしら？　行きましょう！」

「……あっ、うん」

ただの憶測だと思いつつも、私は心にもやもやを残したままエリンのお店を後にした。

ルーファス様の誕生日は、もともと華やかなパーティーなどするタイプではなく、これまでも二人でのんびり過ごすのが定番だった。しかし、今年はそんな暇すらないという。

「ピアとの賭け、何がなんでも勝ちたいからね！」

そう言われると、苦笑する他ない。

誕生日当日、私はプレゼントをマイクに託そうと思っていたが、「直接お渡しください」とスタン邸に連行された。義両親は不在で、誕生日ディナーをなぜか私が一人で黙々といただき、スタン邸の自室に下がろうとすると、ルーファス様の部屋で待つように言われる。

「いやいやいやいやいや、本人がいないのにまずいでしょ？」

「奥様のご命令です」

私は主不在のシックな部屋に通されて、お茶を出されてぼんやりとする。手持ち無沙汰だったので、思い立ち、久しぶりに字の練習をして過ごす。もうちょっと大人っぽい筆記体を書きたいと四苦八苦していると、時計の鐘が日付が変わったことを告げた。

「誕生日……過ぎちゃったわ」

そう呟くや否や、扉がバタンと開き、ルーファス様が入ってきた。

「ピア！　ゴメン！　まさか来てくれているなんて！　母がビッグサプライズプレゼントを用意したとか言ってたけど、今日、私の誕生日だったのか！」

まさか、忘れていらっしゃったのか……。それほどお忙しいということだ。私は立ち上がって苦笑いして首を傾けた。

「ルーファス様、十八歳のお誕生日おめでとうございます」

ルーファス様があっという間に私を抱きしめる。

「だから早く結婚したいんだ。そうすればいつも一緒にいられるのに！　ピアの初ランチデートも逃してしまった！」

その言葉を聞いただけで、私の心は軽くなった。

「ルーファス様、私からのお祝い、受け取ってくれますか？」

ルーファス様に座ってもらい、プレゼントを取り出す。ルーファス様が包装の薄紙を慎重に開けるのを隣に座って見ていると、名前入りの琥珀色のペンが現れた。

「これが噂の……ピア、もう一本あるんだろう？　見せて？」

マイク、こっそりお揃いにしたことチクったな？　私は恥ずかしくてもじもじしながら、たった今まで字の練習に使っていた、使用済みペンを差し出す。

「これがあの、私の分のペンです」

「うん。このピアの名が入っているほうを私に貰えないか？　交換だ。ピア、ありがとう！」

自然な流れで私の手には新品の、ルーファスと名入れしてあるペンが持たされた。

「なんで？　私のほうはもう使いかけですよ？」

「ピアの代わりに手元に置いておきたいから」

顔にどんどん熱が集まるのがわかる。

「ヨ、ヨロコンデイタダケテ、ヨカッタデス」

机に散らばる書き損じ用紙に、早速くるくると円を描くルーファス様。

「試し書きをして選んだだけある。書きやすいね」

隣でしばらくその楽しそうな様子を見守っていたが、もう時間も限界だ。

「ではルーファス様、私、帰ります。遅くまでお邪魔しました」

「待って！」

ルーファス様は私をソファーの端に追いやり、私の膝に頭を載せてしまった！

「な、何？」

「ん、膝枕。誕生日だ。これくらい許されるだろう？　これでしばらくピアは帰れない」

目を閉じてしまったルーファス様の長すぎる左足は膝を立てて座面に、右足は下にダランとはみ出している。

「これって……かえって疲れませんか？」

そう言いながら、私は恐る恐る美しい絹糸のような髪の毛をゆっくり梳いてみる。ルーファス様が目をつむったまま少し微笑んだ。受け入れられてホッとする。

「ピア、膝枕は男のロマンだから」

「……変なの。そういえば、私はいつもルーファス様のお膝に載っていましたが、ルーファス様を膝に載せるのは初めてです」

「そうだな……そろそろピアの書写のレベルが上がったか、チェックするか。ここでも練習していたみたいだし」

藪蛇だった。

ふわわとあくびをしたあとで、ルーファス様はしゃべらなくなった。本当に眠られたようだ。私、いつ帰ることになるのだろう？

めったにない、無防備なお顔を眺めながら、頭を撫で続ける。まつげが羨ましいほどに長い……でも肌がくすんでいる。随分お疲れのご様子だ。エリンの店のフルーツでビタミンを摂取すべきかも。……え？　ヒゲ？　そうか、もう十八歳だものね。アッシュブロンドだからこれまで気づかなかった。

ご病気を看病した際のお義父様の寝顔を思い出し、ルーファス様もあのように歳を重ねるのだろうか？　と思いをはせる。

ルーファス様がお義父様の歳になる頃も、こうしてそばにいられるといいけれど。

「ルーファス様……私以外の方と膝枕なんか……しないでね……」

そっと本心を零す。もうキャロラインはいないのに、前世のせいで漠然とした不安がぬぐえない。

「無精ひげなんて……私以外の女に……見せないで……」

不意にルーファス様のエメラルドの瞳がゆっくり開き、彼に触れていた右手を掴まれ、その指先にキスされた。

「あ……」

「私がピア以外の女に触れることなど未来永劫ない」

ルーファス様が器用に左手で、私の頭を引き寄せる。私はルーファス様に覆い被さる形になった。驚きで目を見開く。

「だから、そんな悲しそうな顔をするな」

ルーファス様は私の頭を両手でしっかり固定して、下から唇を奪った。

「ピア。誕生日の私を、もっと甘やかして？」

目を細められ、確実にロックオンされて、再び角度を変えてついばむようなキスを繰り返される。真夜中に男の部屋で二人きり。ぎゅっと抱きしめられて心臓が外に跳び出しそうにバクバク鳴っている。

こんなはずではなかったけれど、流されてしまってもいいか……婚約しているのだし

……だって大好きだもの……と覚悟を決めた瞬間、

「スー……」

ルーファス様の寝息が耳にかかった。

「えええ……」

私は脱力し、ルーファス様の顔を覗き込む。これは……もはや熟睡。小さく笑った。

そっと腕から抜け出そうとするが、がっちりホールドされている。

「ええっ！　嘘でしょ……」

結局泊まる以外なくなった。

翌朝、渋い顔のお義父様と、「よく眠れたみたいねえ！　うふふ！」と、ごきげんなお義母様に、「寝落ちしたため何もしていない」と、むすっとした顔で釈明するルーファス様の隣で食べる朝食は、いたたまれなかった。

第三章　剣術大会で仲直り

「申し訳ありませんでしたっ！」

ヘンリー様の赤い癖のあるつむじを上から眺めながら、なんと見事な土下座……これは前世で祖母と夕方の時代劇で見て以来だわ……なーんて思ってしまった。

本日、瀟洒なスタン侯爵邸の応接室で、約半年ぶりにヘンリー様と対面している。

私の隣には白シャツにグレーのパンツ姿で足を組み友人を見下ろしている我が婚約者様。ルーファス様は、ゲームのシナリオを私から聞いているという有利な条件はあったものの、ヒロインであるキャロラインに堕とされることもなく、弱気な私を守り通してくれた。

それに反し、度重なるルーファス様の注意にも耳を貸さず、キャロラインに魅了されてしまったのが、このヘンリー・コックス伯爵令息だ。私の大親友エリン・ホワイト侯爵令嬢の婚約者。

本日は、エリンに謝罪する機会を作ってほしいとヘンリー様から手紙を貰ったところ、「なんの策もなく会わせては、かえってこじれるぞ？　ヘンリーはバカだ」と言うルーファス様に一理あると思い、事前にこちらで対策会議と相成った。

「では、わしも……」

急に対面のソファーに腰かけていた中年の男性も、床に膝をつけようとした。や、やめて！　思わず息を呑む。

「騎士団長、おやめください。ピアが怯えています」

「む、そうか？」

それならばと、もう一度ソファーに腰かけなおす赤髪に筋肉ムキムキのおじさまはコックス伯爵で、我が国の騎士団長様だ。

「ヘンリー、お前も座れ。話ができない」

ルーファス様に促され、ヘンリー様は体を起こしソファーに座った。アカデミーでの断罪現場で見た時よりも、随分やつれているし、顔にもまだらに黄色い痣の跡がある。

「ヘンリー様、まだ静養していたほうがよいのでは？」

「ピアちゃん……本当にゴメン。俺、ピアちゃんにもひどい態度だったよな。それなのに俺のために必死に動き回ってくれてたってようやく理解して……情けないよ」

「いえ、あまり効果はなかったようですし……」

「いや、陛下ご自慢のロックウェル博士まで泣きそうな顔で動いているという現実を聞きつけて、ようやく異常な事態なのだと認識したのだ。それまでは、こいつがエリン嬢にベタ惚れなことはわかりきっていたし、学生にありがちな惚れたはれたの痴話ゲンカくらい、自分でなんとかできずにどうすると、問題にもしていなかった」

騎士団長がそうおっしゃるのならば、私の『ヘンリー様、常にお腹いっぱい大作戦』も少しは役に立ったのだろう。

「……陛下ご自慢のロックウェル博士？」

ルーファス様、着目点がずれていますよ？

「え、えっと、ヘンリー様はすっかりキャロラインさんへの気持ちはなくて、エリンとの復縁を望んでいるということでよろしいですか？」

「うん。俺にはエリンだけだ。今は何を言っても信じてもらえないと思うけれど」

そう言って笑うヘンリー様は、何もかもが痛々しい。

「わしも、我が家に迎え入れるのはエリン嬢以外ありえない。エリン嬢は婚姻前だというのに幼い頃から細やかに我々に尽くしてくれてきた。こいつがエリン嬢に見限られたら、コックス家は独身のヘンリーで終わりだ」

え……コックス伯爵家、断絶の危機なの？

「ヘンリー、実際のところ体調はどうなんだ？　毒は抜けたのか？」

ルーファス様が心配そうに聞く。

「日常生活に支障はない。ただ、時折ひどい頭痛と、わけのわからない焦燥感に駆られてしまうんだ」

ヘンリー様は額に手を当てた。

「それは……厄介だな」

ルーファス様が眉間に皺を寄せる。ヘンリー様がこのお父上のように軍部の高官を目指しているのなら、常に冷静さを保つ必要がある。頭痛に襲われていては無理だ。

「体を動かしてそんな気分、気合で吹っ飛ばせ！」

騎士団長、聞きしに勝る脳筋ぶりだ。一時的にはそれでいいだろうけど、一生となるとくたびれ果ててしまう。これが例のクッキーの後遺症か……。

「ピアちゃん、エリンは俺がバカな男に成り下がったあと、どういう様子だった？」

私は淡々と、エリンが私の研究室で悲しんでいたこと、時折涙していたことをお伝えする。ヘンリー様を餌付けしたのも、大好きなエリンのためだと釘をさす。

「そりゃ、手紙を送っても、プレゼントを贈っても反応ないわけだ。俺……挽回できるのかな……」

ヘンリー様は情けない声を出し、両手で顔を覆ってしまった。

しかし、私に聞いてショックを受けるということは、キャロラインと過ごしていた期間の言動の自覚がないということだ。私は毒成分の解明という目標への一歩として、〈虹色のクッキー〉を食べた当人の貴重な話をここぞとばかりに聞き出すことにした。

「ヘンリー様、よろしければ、キャロラインと過ごしていた時のことを教えてほしいのですが。彼女のどこに惹かれたとか、二人で何をしていたかとか」

「……実は、頭に霞がかかったようであんまり覚えていないんだ。自制心がなくなって、エリンにひどいことを言ったのは覚えてる。でも、あの頃は早くキャロラインに会いたくて、会わないと不安になった。今考えると顔も声も性格も全然好みじゃないんだけどね。そんな時、彼女から貰ったクッキーを食べると落ち着いて、なんかやる気が湧いてきて無敵な気分になって。それが全部おそらくクッキーのせいだったと後から聞かされた時は、素直に信じられなかったな。だってなんの変哲もないお菓子だったんだぜ?」

そう話しているうちに、また頭が痛みだしたのか、ヘンリー様は額を押さえる。

軽い気持ちでその『なんの変哲もないお菓子』を食べて中毒になり、クッキーをくれる『キャロラインに惹かれている』と脳が勘違いしていたのだろう。

このような症状を出す毒草などがクッキーに混ぜ込まれていたと考えるのが妥当だけれど、植物は詳しくない(植物の化石は別だけど)。有名な毒草や毒キノコは専門家である医療師チームが既に調べつくしているだろうし。

つくづくクッキーを食べてしまったヘンリー様が恨めしい。婚約者がいながら婚約者以外の女の手作りの品を食べた時点で、女性的にはアウトだ。

とはいえ、私だってエリンとヘンリー様のハッピーエンドが見たいのだ。

「過去の失敗はどうしようもありません。エリンがヘンリー様に惚れなおすようなかっこいいところを見せて、自分はキャロラインではなくエリンのことが好きで、今後は絶対に浮気なんてしない！　という決意をエリンに見せなければダメです！」

私が強い口調で言いきると、

「ピアはエリンのためならば強気になれるよね。ちょっと妬けるな」

と、ルーファス様が苦笑いした。

「俺にもう一度惚れなおさせる機会か……」

「ヘンリー様が誰にも負けない、自信のある分野ってなんですか？」

「一応……剣だけど」

一応って……私並みに弱気MAXになってしまわれた。

「定番中の定番ですが、剣の試合に勝って、この剣をエリンに捧げる！　的な展開はどうでしょう？」

前世の少年漫画のノリだ。愛と友情と勝利！

「ピア的にはそれは効果あるの？」

急にルーファス様が口を挟む。

「自分のために、気になる相手が力を振り絞って戦う姿は、胸を打つものがあるのではないかと？」

「ふーん」

ルーファス様が何やら考え込んでいる。と思ったら、騎士団長が唐突にこぶしでドンとテーブルを叩いた。ティーセットがガチャンと跳ねる。

「まだ今年度の予算は残っていたな。よし、騎士団主催で剣術大会を行おう！」

「ええ？　めっちゃ職権乱用……」

思わず心の声が漏れた。口を押さえて見渡すと、ルーファス様がにっこり笑っていた。

「最近平和であることはいいことだが、皆、気が緩み士気が下がっている。目標を作り励むのにちょうどいい。優秀者には昇格と、騎士団員以外の者には騎士団への無試験の入団許可証を与える。どうだ？　宰相補佐？」

「騎士団の予算の範囲内であれば、問題ないのでは？」

「では、当日はエリンと観客席で応援しておりますね」

私は思わず手のひらを胸の前で合わせた。楽しみだ！

「よし、決定だ。ヘンリー、絶対優勝して、エリン嬢の愛を取り戻せ！」

団長がヘンリー様の背中をバンと叩き活を入れる。ヘンリー様が口元を引きしめた。

「……わかった」

「ピアも応援するの？」

ルーファス様が首を傾げる。

「だってエリンを会場に連れていくのが私のお仕事でしょう？」

「そうか、そうなるか……」

緑が茂り、少し動くと汗ばむ気候になった頃、騎士団基地内のスタジアムで剣術大会が開催された。私はエリンとマイク、エリンの護衛と共に南側中央のスタンドで観戦する。

騎士団長は参加者全員でのトーナメントという豪快な対戦方法を検討していたが、さすがにプロとアマを一緒に戦わせるのは無理があると異議が上がった。しかしアマがプロに勝つのが面白いのだ！　と団長が譲らず……結局十代と二十代以上、という年齢区切りとなった。

「おそらく団長が言いだしたのでしょう？　こんな半端な時期に剣術大会なんて。ヘンリーにいいとこ見せてこい！　などと発破をかけて？」

エリンがやれやれという風に肩をすくめる。賢いエリンには全てお見通しだ。

エリンの装いは深い藍色のドレス。そのドレスのせいか、最近の苦労のせいか年齢以上に大人びて見える。トレードマークのポニーテールも今日は巻き髪になっていて上品だ。繊細なレースのリボンで芸術的に結んである。

ちなみに騎士の戦いの場は神聖なものという扱いで、女性のドレスコードはフォーマルなのだ。ゆえに私もグリーンに光沢のある白糸で若葉を刺繍してあるドレス姿。髪も今日は三つ編みではなく、ハーフアップにして共布のリボンで結んでいる。もちろんルーファス様にいただいたエメラルドのネックレスも装着済みだ。

「エリンには思惑見え見えだろうけど、せっかくだから応援しようよ。そういえば、エリンも出場するかと思ったのに」

「最近全然稽古していないもの。こんな状態で出ても、怪我をして迷惑をかけるだけ」

「そっか……」

ヘンリー様と関係が悪化して以来、エリンは剣を握っていないのだ。

「それにしてもピア……すごく注目を浴びているわよ」

「………」

私は例の悪役令嬢断罪パーティーで、そばにいた人々に顔バレしてしまったのだ。いや、〈マジキャロ〉が終了した今、私の華のない顔がばれようがどうってことないのだが。

アカデミーでは学長はじめ先生方が気を配ってくれて、平穏が保たれているけれど、私が超絶美男のルーファス様の婚約者であることへのやっかみなのか、この瞬間もなかなかの人に睨まれている。よって、私たちの座席は身元がはっきりしている者しか入れない指定席のスペースだ。騎士団長が手配してくれた。

「いえ、違うわよ？　みんながピアを見ているのはルーファス様絡みもなくはないでしょうけど、ほとんどがピア自身となんとか知り合いになって、自領を測量してほしいって思っているの。ねえマイク？」

マイクが周りを殺気丸出しで警戒しながら小さく頷く。

「ええっ？　測量のためなの？　それならますます私に言ってもしょうがないのに。測量はもうお義父様の作った地質調査ギルドで管理しているから、そっちで順番待ちしてもらわないと」

「ピアのお弟子さんはまだ数組だけでしょう？　今申し込んでも数年待ちなのよ。だから皆、コネが欲しいわけ」

「なんと……皆様おばかさんね、私がギルドを統括しているルーファス様やトーマさんに意見ができるわけないってのに……」

「あら、やっぱりそうなのね」

「あ、でも、エリンの頼みだったら、私自らホワイト領に行くわよ？」

「……だから、それをみんな狙っているんでしょうが！　おバカ！」

開会の挨拶はエドワード第二王子殿下だった。こちらを背にしているのでお姿はよくわからないが、声は兄王子によく似ている。

まず、二十代オーバーのトーナメントがスタートした。ここはプロである騎士団員がほとんど。三十代の皆様は実戦経験もあるだろう。素人では太刀打ちできない。

「あー。先制狙ったけれど空振り。ああっ！　もっと足を使えばいいのに！　ええっ！　スタミナ切れ？　最近の騎士の皆様、たるんでいるんじゃなくて？」

私は徐々にヒートアップするエリンの解説を聞きながら、ぶつかりあう剣技を拍手してただ楽しむ。

不意に試合前の選手が観客席に走り、女性から何かを受け取った。

「何をしてるのかしら？」

「ああ、多分ハンカチよ。戦時中に恋人からハンカチをお守り代わりに貰い受け、それに勝利を誓って戦地に赴き無事に帰ってきた、って話にあやかっているの。今は選手が試合前に『あなたに勝利を捧げます』と言って、婚約者や妻からハンカチを貰うのよ」

「へーえ」

「こんな大勢の前でそんなことをされたら、本当の恋人同士でない場合恥ずかしくってたまったものじゃないわね」

……エリン、今あなた、フラグを立てたのでは？

「エリン、もちろんハンカチ持ってきているよね？」

エリンはようやく我がことだと気がついたようで、目を見開いてバッグの中を確認する。

「ヘンリーはゲン担ぎなんて知りもしないと思うわ。ピアこそハンカチあるわよね？」

……そうなのだ。実は本日の剣術大会、ルーファス様もエントリーしているのだ。ザ・

文官の宰相補佐なのになんで？？？

そして私の本日のハンカチは……アンモナイトだ。だってなぜか評判が悪くて、ルーファス様も家族もいい顔してくれないから自分で使うしかないでしょう？

先日のお誕生日のためにも一応準備したけど、ペンで大喜びしているルーファス様に渡す雰囲気ではなくなり……今日は暑くなるといっていたから全部で五枚、手元にある。

「エリン、貰って？」

「……遠慮するわ。今日はお兄様と来たのでしょう？　お兄様にあげたら？」

「うちの兄が試合に出るわけないよ。方角が一緒だったから同じ馬車に乗ってきただけ」

音響オタクの兄は、休日である今日も嬉々として研究室に籠って実験しているはずだ。

「ピアのお兄様、真面目で優しくていいわよね。絶対浮気しないでしょう？」

よくない流れだ。そりゃ私としてはエリンが兄嫁になってくれたら喜びしかないけれど。

「兄の浮気相手は研究です。下手すればそっちが本命かもしれません」

「それは困るわ」

「エリンのお兄様は出ないの？」

「うちも出るわけないわ。この間久しぶりに会ったけど、太ってた。まあ幸せ太りだからいいことよ」

そんな話をしていると、どこかで見たことのある人がフィールドに現れた。私はバッグからいそいそとメガネを取り出してかける。

「あー！　ナンパ男だ」

「なんぱ……？　あの対のユニコーンの紋章は!!　ちょっと！　ベアード伯爵令息と知り合いなの？　ルーファス様はご存じ？」

エリンが焦ったように言うので、私は昨年の観劇で出会った話とルーファス様も一緒だったことを話す。

「ピア……ルーファス様はあなたを甘やかしているけれど、だからこそ私が親友として忠告するわ。ベアード伯爵家はスタン侯爵家の政敵よ。これは政治に興味を持つ高位貴族ならば、うっすら察していることなの」

「え？」

私は目をまん丸にして、思わずマイクに振り向いた。マイクはエリンを睨んでいる。

「ルーファス様の婚約者ならば距離を置かねばならないわ。親世代と子世代は関係ないなんていうのは綺麗事よ。ベアード家は主産業である林業をおろそかにして、手っ取り早く珍しいものを輸入して一山当てようとしているという噂がたっているの。うちもフルーツや苗木を輸入しているけれど、正式な手順を踏んで信念を持ってやっている。なのに同列にされることがあって……我がホワイト家もベアード家を面白くないと思っているわ」

普段温かなエリンの瞳が細められ、政治の中心にいる侯爵家の令嬢らしく冷たく光る。

「そう……はっきり教えてくれてありがとう。マイク、エリンを責めるのはやめてちょうだい。大丈夫。全く問題ないわ。私、あの方と今後接触する予定などないもの。でも……恥ずかしい。そんな大事なことも知らないなんて」

羞恥でいたたまれない。将来、スタン侯爵夫人になるというのに、スタン家の周辺を理解していないなんて。でもお義母様の教育にも出てこなかった。女性同士の派閥の話には時間をかけたのに……。

とりあえず、両親と兄には一言言っておこう。弱小伯爵家である我が家が、最も力のある伯爵家であるベアード家相手に何か準備できるわけでもないけれど。

いろいろと頭をフル回転していると、

「ピア・ロックウェル伯爵令嬢！」

いきなりよく通った声がフィールドから聞こえた。ギギギッと首を鳴らしながらそちらを向くと、私の観客席の真下に、キラキラとエフェクトのかかったマリウス・ベアード伯爵令息が立っていた。

「ピア様！　どうか私にあなたのハンカチを恵んでくれないだろうか？　そうすれば私は百人力。あなたに勝利を捧げます！」

……え？

頭の中が真っ白になった。何、どういうこと？　なんでこのナンパ男が私のハンカチを欲しがるの？

冗談かと思い、彼の顔を見ると、真剣な……真剣すぎるゆえに疑ってしまうような表情で、私の返事を待っている。

「嘘でしょ……」

「くそっ、なんてことを……」

エリンの呟きと、マイクの舌打ちが私の耳に入ったけれど、それ以外の音は消えた。皆、私の行動を息をつめて見守っている。

どうすればいいの？　この大勢の観客の前で『私は婚約者がいますので渡せません』と言える？　無理だ。彼のことはどうとも思ってないけれど、そんな恥をかかせることなど弱気ＭＡＸの私にはできない。

では、ハンカチを渡す？　そうすれば、ルーファス様という婚約者がいるにもかかわらず、ハンカチを渡すなんて、なんて恥知らずな！　ということになってしまう。

ああ、審判が笛を吹いた。時は待ってくれない。私は腹を決めてよろよろと立ち上がる。

「ピア、私は常にピアの味方よ！」

エリンの声に頷いて、観客席の一番下に行き、ハンカチをベアード様に差し出した。

「ああ！　私の女神よ！　感謝します！　これで勝利は目の前……」

「お喜びいただき何よりです。本日は私なんぞのハンカチを受け取って、化石仕事を宣伝

してくれる奇特な方がこうしていらっしゃるかもしれないと思って、念のためにアンモナイト模様の刺繍入りのものを五枚持ってまいりました！　残り四枚！　早いもの順です。皆様よろしくお願い致します！　化石は素晴らしいのです！」

私はベアード様が全て語る前に大声を重ねて言いきった。

戸惑った顔のベアード様は、とりあえずハンカチを広げ、

「え……これは…う……」

絶句するベアード様を残し、大げさにお辞儀をしてそそくさと席に戻った。

「エリン――ッ！」

私が半べそをかいて席に戻るとエリンが私を抱きしめる。

「よくやったわ。とっさにしては上出来よ！　エイベル！　ヘンリーに使いよ！」

エリンがサラサラと何か手帳に書いて、びりっと破り、後方に控えていたホワイト家の護衛に託す。

「あとは私に任せなさい」

頼もしいエリンによしよしと頭を撫でられながら、フィールド方向に振り向くと、もう試合は始まっていた。観客も皆、徐々に試合の行方に興味を戻した。

マイクはいつの間にか他のスタン家の護衛と入れ替わり、消えていた。絶対にルーファス様に、私が他の男にハンカチ渡しちゃった件を報告に行ったのだ。

私が白目をむいているうちに、ベアード様は一回戦を勝利していた。私に複雑な表情で手を振っている。私は他人行儀なお辞儀を返した。

「いっそ負ければよかったのにね。そうすればピアのハンカチは『呪いのハンカチ』になって、これ以上不用意に近づく輩は消えるのに」

負ければいいなんてぎょっとすることを口にするエリン。

「それにしたって『呪いのハンカチ』って……」

どんどん評価が下がる、私のアンモナイトハンカチ。これをルーファス様に渡す時、彼はどんな顔をするだろう？　私はため息をついて手の中の黄土色の刺繍を見つめる。

結局、ベアード様は本職の騎士団員には勝てず、三回戦で敗れた。私はもはや胃痛MAXで胃液を吐く寸前に追い込まれていたので、助かった。優勝は騎士団長の治めるコックス領出身の若手だった。

「よかった。彼が優勝ならばコックス家の名誉が保てたわね」

無意識と思われるエリンの発言は、コックス伯爵家の奥方そのものだ。でももちろん気がつかないふりをして、

「いよいよ十代の部ね！」

入場してくる選手たちを拍手で出迎えながら微笑んだ。

「詰んだ……」

一回戦、先に出番がやってきたのはヘンリー様だった。

「ピアちゃーん！　呪いの……じゃなかった化石のハンカチ、俺にもちょうだーい！」

なるほど、エリンはそう取り計らったのか。ヘンリー様が二枚目となる私のハンカチを受け取れば、私のハンカチに特別な意味はなくなる。私はエリンの手をぎゅっと握って階段を駆け下り、前のめりでヘンリー様にハンカチを差し出した。

「ヘンリー様、ごめんなさい！　私のせいでエリンのハンカチ貰えなくなっちゃって」

ヘンリー様はハンカチを受け取りながら、歯を見せて笑った。

「気にするな！　さっきの手紙にね、『私のハンカチは決勝戦でしか渡しません！』って書いてあった。だから頑張るよ」

「エリンと応援しております！　そしてこれ、呪いじゃないので！　証明するため絶対勝ってください！」

ヘンリー様はハンカチを広げて「うひょーっ！」と笑い、それを振り回しながらフィールドの中央に戻っていった。解せぬ。私も早足で席に戻る。

「ヘンリー様のお相手、強そうですか？」

「私たちと同じアカデミーの学生よ。あの程度に負けでもしたら、二度と口をきいてあげないわ」

開始の笛と同時に真っすぐ突っ込んできた相手を薙ぎ払い、ヘンリー様は一本勝ちした。

平和な数試合ののち、観客席全員が固唾を呑み見守る中……ルーファス様が入場した。

「……ピア、おいで」

フィールドの、珍しい黒い軍服姿のルーファス様から極めて平坦な声がかかる。

「ピア……骨は拾うわ」

エリンも先ほど戻ってきたマイクも、顎でとっとと行けと指図する。

私は顔を引きつらせながら階段を再度駆け下り、ルーファス様のもとに駆けつけた。

ルーファス様は笑顔を作りながらも、右の頬骨あたりがピクピクと痙攣していて……怒ってらっしゃる！

ここで、アンモナイトのハンカチを渡すの？　ルーファス様があまり好きでないとわかっているのに？　もっとイラつかせるんじゃない？　考えろ！　考えるんだ、ピア！

とはいえ、手持ちで簡単に渡せて、戦闘の邪魔にならないものなど、持ってない。

不意に思い立ち、私は握っていたハンカチをバッグに戻し、手を頭にやって、結わえているグリーンのリボンを解いた。私の黒髪がサラサラと舞って背中に落ちる。

「おい！　ピア！」

差し出されっぱなしのルーファス様の手をグッと引いて、その二の腕にリボンをグルグルと巻いて、固く結んだ。

「え、えっと、私もルーファス様と一緒に戦います！　的な？」

ルーファス様が呆然とした。なぜか、会場中も静まり返った。数秒で自分を取り戻したルーファス様は、顔を真っ赤にして、先ほどとは逆に私の首をグッと引き寄せ、私の頬に……キスをした。

「ありがとう。そのピアの気持ちがあれば、私は無敵だ」

……気持ちとは？

ルーファス様がさっと身をひるがえし、中央に走っていく。それと共に、場内にワーッ！　という歓声と指笛が鳴り響く。なぜか、席に戻る私は左右の人から握手を求められる。ど、どういうことなの？

「エリン……ひょっとして私、何かやらかしちゃったの？」

「盛大にやらかしました」

冷静沈着を地で行くマイクが肩を震わせ笑いをこらえ、そう言った。

「ピアってば、本当にこの様子じゃ偶然なの？　あのねえ、男性に自分の身に着けているものを渡すのは、『あなたを愛しています』って言っているのと一緒なの」

「し、知らんがな——！」

私はバッグを抱きしめ絶叫した！

「随分前のベストセラーの小説が元ネタだけれど、もう一般常識よ。それに加えて相手の目の前で身に着けているものを外す行為は、『裸の私を愛して？』みたいな？」

「いや――！」

「まあ、もう二人はそういう関係だから、付け入る隙はないわよ、というメッセージをここにいる全員に発信したってことでいいんじゃないかしら？　ねえマイク？」

「まあもう、やっちゃいましたし、婚約者同士ですし、プラス思考でそのほうが……」

「そういう関係ってどういう関係――っ！　やっちゃったって語弊――！」

ピーっと笛が鳴り響いた。

「勝者！　ルーファス！」

私が雄たけびをあげている間に、ルーファス様の初戦は終わっていた。

ヘンリー様もルーファス様も大した怪我もなく順調に準決勝戦まで勝ち上がった。全身傷だらけなのは私です。もうどんな顔して外を歩けばいいかわからない。

そして、次はいよいよ決勝戦！　なんと、ヘンリー様とルーファス様のカードになった。私は二人の好ゲームを期待してワクワクしつつも、ルーファス様に勝ってほしいなと、もちろん思っている。

隣を見ると、エリンは緊張に顔をこわばらせている。約束の決勝戦。久しぶりの、へンリー様とエリンの直接対面だ。

小休憩を取っていた二人が、これから戦うとは思えないリラックスした様子で、何か話しながらフィールドに戻ってきた。

ルーファス様は真っすぐ自分の持ち場に向かったのに対して、ヘンリー様はこちらに向かってきた。

「エリン！」

私の隣でエリンの体がピクリと跳ねる。

「俺が優勝したら、ハンカチちょうだい！　じゃあな！」

ヘンリー様はそう言うと、ニカッと笑って中央に走って戻る。ヘンリー様は、決勝を戦うための励ましハンカチではなく、優勝してもらうご褒美ハンカチにしてしまった。

「……この一年、腑抜けになっていたお前が、私に勝てるとでも思っているの？」

ルーファス様がヘンリー様を睨みつける。ベアード様のせいであまり機嫌がよろしくないのだ。

「思ってるよ。俺には後がないっての！」

「あの……バカ……」

エリンは手に持っていた、白地に赤い鳥を刺繍したハンカチをぎゅっと握りしめた。

ピーッと笛が鳴った。

「決勝戦、始め！」

ルーファス様は一気にヘンリー様の懐に斬り込んだ。先制攻撃でさっさと終わらせるつもりなのだろう。ルーファス様はたとえ問題を抱える友人であっても手加減などしない。

刃のつぶれた剣をヘンリー様の中段に叩き込むルーファス様。一歩下がり、空間を作って、剣を縦に持ちその一撃をこらえ、はじき返すヘンリー様。二人ともさっと距離を置いたあと、すぐにぶつかり激しい打ち合いになる。

スピードはルーファス様のほうが速く、手数も多く見える。ヘンリー様は防戦一方だ。時折鈍い音が聞こえ、ルーファス様の一撃が決まったのがわかる。でもヘンリー様は倒れない。

動きのある展開に観客は大声援を送る。私も応援しよう！　あれ？　でも「勝てー」っと言ったらヘンリー様が負けることになる。「頑張れー」は既に頑張っている人に言っちゃいけないと何かの本に書いてあったような。ではなんと声をかければいいだろう？

「キャー！　ステキー！」

女性の黄色い声援が耳に入る。そうか、ここはアイドルのコンサート会場のノリでいいのだな？　私はすくっと立ち上がった。

「ルーファスさまー！　サイコー！　かっこいーー！」

――なぜか、その瞬間だけ雑多な喧騒がパタリとやんで、私の声が会場中に通ってしまった。

ルーファス様の動きが、中段の構えのまま、一瞬止まった。

ヘンリー様はその隙にダッシュで詰めてルーファス様のみぞおちに回し蹴りし、ルーファス様が体をくの字に曲げたその瞬間、剣を頭に振り下ろした。

「やめ！　一本！　優勝ヘンリー！」

大歓声が巻き起こった！　私はグギギギと首を動かし、マイクを見る。

「ひょっとして、注意が切れたの、私のせい？」

「……ひょっとしなくともピア様のせいです」

「もう、やだ——っ！」

私がフィールドをちらりと見ると、ルーファス様は気の抜けた顔をして、審判が勝者であるヘンリー様の腕を高く上げるのを見ながら、拍手をしていた。

「まあ、先ほどのハンカチといい、誰も被害なく、最良の結果になりましたからよいのでは？」

マイク、私は満身創痍だっていうのに、結果オーライみたいなまとめ方をしたわね？

私がくよくよしている間に、エリンは静かに観客席の最前列に歩み寄っていた。私の親友はとことん潔い。ヘンリー様も同じくエリンの真下に到着した。

「エリン……」

　ヘンリー様が縋るような顔でエリンを見上げている。エリンはその視線をまともに受け止める。

「私、今の勝負、全く納得していません」

「うん。そうだな」

「でも、運も実力のうちと申します。約束ですもの。はい」

　エリンはぷいっと顔を背け、ハンカチを腕だけヘンリー様に向けて手渡そうとした。

「エリン、遠い。届かない」

　エリンはしぶしぶ観客席とフィールドを分ける手すりから身を乗り出し、ハンカチを持つ右手を差し出した。するとヘンリー様はグイっとその手を掴み、自分に向けて引いた。

「きゃあ！」

　次の瞬間、エリンは手すりも壁も乗り越えて、ヘンリー様の腕の中に収まっていた。

「エリン。本当にごめん。俺をもう一度、エリンの婚約者にしてほしい」

「ば、ばか！　なんでこんなところで……」

　エリンが動揺し、ヘンリー様の腕の中で暴れる。でもヘンリー様はびくともしない。

「返事をするまで下ろさない」

「……私、浮気だけは大っ嫌いなの」

　エリンがヘンリー様を睨みつける。

「知ってる。二度と他の女になびかない。ここにいる全ての人が証人だ！」

静まり返ったスタジアムの中で、エリンは目を閉じ、苦しそうに眉根(まゆね)を寄せた。

一分ほど経(た)ったあと……考え抜いたと思われるエリンはようやくゆっくりと目を開く。涙が一滴、頰に落ちた。

「婚約者に……戻っていいわ」

「エリンっ！　ありがとう！」

ヘンリー様は感極まった表情で、ぎゅっとエリンを抱きしめて、そのあとエリンを地面に戻すどころかグルグルと回し始めた。

「大事にする！　二度と泣かせない！　エリン、大好きだー！」

「バカー！　やめてー！　目が回るー！」

そう言いながらも、エリンは目をうるませて徐々に表情を緩め、目尻(めじり)を下げた。会場全体が一つになっておめでとうコールが巻き起こった！

よかった。思わず涙が流れ、三枚目の『幸福のハンカチ』で頰をぬぐう。すると、後ろから、ポンっと肩を叩かれた。

「ピア？　あの声援はヘンリーを勝たせるためにワザとだったの？」

ルーファス様が、いつの間にか観客席にご光臨されていた……。

「そ、そんな器用なことはできないって知ってるでしょう？　もちろんルーファス様の勝利を応援していました！　どうすれば丸く収まるのかモヤモヤしつつも！」

「ったく、かっこいいとか……身に着けているリボンを解いて渡すとか……」

「意図せずです！　でもごめんなさいっ！」

「そもそも私の許しもなく、大衆に髪を解いた姿を晒すなんてどういうつもり？」

「ええええ～？」


朝、時間のない時は、髪を下ろしたままアカデミーに行くこともあるけど？　などということは言わないほうがいいことくらい、学習しています。

「それよりもルーファス様、どこも怪我などしていませんか？」

「大丈夫だよ。でも負けてしまった私に、ピアが『餌付け』で開拓したおすすめの店で残念パーティーしてもらおうかな？」

「わかりました！　せっかくだからエリンたちも……」


フィールドの二人を見ると、涙目のまま顔を寄せあって、真剣に語らっている。

「ヘンリーとエリンは、今日はほっとくぞ」


誘おうと思った私が野暮だった。

「ピア、今日は我々も二人きりで、しっかりいろいろ話し合おうね？」


なぜか私の背中にゾクリと悪寒が走った。

私はヘンリー様に一番評判のよかったオニシカの赤ワインシチューのお店に連れていき、ルーファス様をもてなした。

私に店名を聞いてから席を予約してくれたようで、満員の店内の隅のテーブルが、衝立で仕切られて空けられていた。護衛の皆様は遠慮したので、膝がぶつかる狭いテーブルにルーファス様と隣り合って座り、私のおすすめの料理を注文した。

ルーファス様は着替えて白シャツに紺のパンツというラフな格好だ。胸ポケットから私のリボンが覗いている。それに引き換えドレス姿の私はこの庶民的なお店でとにかく浮いている。ルーファス様が気にしてないからいいけれど。

「うん、鹿肉、上手くクセを消していて美味しいね。さてピア、私に言うことは？」

「準優勝おめでとうございます。不本意ではあるでしょうが、本日のところはヘンリー様に花を持たせましょう？」

「はあ。わかってる。それで？」

「それで？　え、えーと、あ！　ベアード様にハンカチを渡す羽目になりすみませんでした。ハンカチのジンクスなど知らなかったのです。いつもながら無知でお恥ずかしい。念のためにルーファス様の分もありますが、どうですか？」

「いや、いらん！」

きっぱり断られた！　泣きそう！

「頭ではあの場でピアがハンカチを渡すしかなかったと理解している。しかしムカムカするものはしょうがない。私もハンカチの習慣など頭の隅にもなかった」

「でも、エリンの機転でヘンリー様が貰ってくださったから、一気に私のハンカチの価値、大暴落しましたので！　そういえば先ほどのリボンはルーファス様からプレゼントしていただいたもの。私のお気に入りで宝物なので返してくれますか？」

私はルーファス様の前に、手のひらを上に向けて差し出した。

「大勢のギャラリーの前で私に愛の告白をした証を返すわけがない。ピアにはまた別のものを贈るから」

「では、私も改めてハンカチを！」

「……ならば刺繍は今度から薔薇でいい。ひねった刺繍にしないことが私の望みだ」

平凡な刺繍のハンカチがいいなんて、ルーファス様の冒険心のなさに少々がっかりだ。

私が可愛いアンモナイトハンカチをもみくちゃにしながら、ルーファス様をジト目で見ると、彼の口の端にブラウンシチューが少しだけついている。そっと手を伸ばして、ハンカチでそれをぬぐった。

ルーファス様が目を見開いて、数秒後、真っ赤になった。

「ピア……やっぱりそのハンカチもちょうだい？」

やっと、私のハンカチの素晴らしさに気がついてくれたみたいだ！

第四章　パティスリー・フジ

エリンとヘンリー様はどことなくぎこちなさは残るものの、少しずつ会話が増えていき、昼休みに以前と同じく二人で鍛錬に励むようになった。私はそれをマイクに解説してもらいながら見学するのが大好きだ。

そしてお世話になったお礼をと、私とルーファス様はホワイト侯爵邸に招かれた。ちょうど一年前と同じように、ホワイト侯爵邸の温室に通された。前回同様、ダブルデート的に座っていると、なんとエリンの父親であるホワイト侯爵自ら顔を出された。肩につく真っ白な髪に真っ白な口ひげのいかめしい顔。痩せた体には定番を崩さない上質なスーツ。前世の私が想像する、ザ・貴族を体現したような姿だった。

「宰相補佐、このたびは娘が世話になった」

「私の数少ない友人ですので」

世話をしたことは否定しないんだ！　さすがルーファス様！

「そしてロックウェル博士、まず、我が領の懸案を取り去ってくれた父君に感謝を伝えてほしい。そして、博士の……娘への友愛に感謝を。この家には女の気持ちがわかる者はおらんのだ」

「私こそ、いつもエリンに支えられています。これからもエリンと一緒にいることをお許しください」

「もちろん」

侯爵様は少し目尻を下げたように思ったけれど……会話の間中、腰を九〇度に曲げて頭を下げっぱなしのヘンリー様をぎょろっと睨みつけて去っていったので、見間違いかもしれない。

「ヘンリー、まだ侯爵には許されてないのか」

「仕方ないさ。試用期間をくれるだけありがたい」

ヘンリー様は頭をポリポリとかいて、ようやく座った。エリンはそんなヘンリー様を申し訳なさそうに見つめつつ、お茶をふるまってくれた。お茶請けはもちろんホワイト領ご自慢のフルーツである。

「あの、ヘンリー？　キャロラインのクッキーって、そんなに美味しかったの？」

エリンがお茶にミルクを勧めながら聞く。料理下手な運命にあるエリンは、純粋にヘンリーの心を摑んだクッキーのことが気になっていたようだ。

クッキーの中毒作用については、証拠はまだ出ていないと断ったうえでエリンにも伝えてある。しかし私と違って〈マジキャロ〉の知識のないエリンは、ヘンリー様の心変わりに始まった行動が全てクッキーのせいだとは、にわかに信じがたいのかもしれない。

「うーん、バター風味で普通に美味しい。まあでも、うちの料理人でも作れるレベル」

「それがなんで病みつきになっちゃったの？」

「稽古終えて、めちゃくちゃ腹減った時に食いもんがそれしかなくて、バカ食いしたんだ。それから急に、あのクッキーがとにかく食べたくなって……」

大量摂取をきっかけに、一気に中毒が進んだようだ。

「ヘンリー様、あの、私がいっぱいランチを食べさせること、どう思っていました？」

「正直……うざいなって思ってた。早くキャロラインのところに行きたいのにって。でも、ピアちゃんを泣かせたら俺は即座に殺されるってことを本能が叫んで、必死で食べた」

「よくわかっているじゃないか」

腕を組んでヘンリー様を見下ろすルーファス様。私の『ヘンリー様、常にお腹いっぱい大作戦』が成功したのはルーファス様への刷り込まれた恐怖心があったからなのね……。

「毎回ピアちゃんが泣かないかヒヤヒヤしながら口に押し込んでいたら、ピアちゃんのそばにエリンがいないことを不思議に思い出して、エリンの泣きそうな顔と目の前のピアちゃんの悲しそうな顔がダブって」

ヘンリー様は両手で顔を覆い、大きく数回息を吐いた。

「キャロラインはエリンにいじめられたって言う。ならばエリンは悪い奴なんだって思う。

でもピアちゃんとランチするうちに、エリンは他の女に意地悪するような女じゃなかったような……そもそもエリンは本来侯爵夫人がすべき仕事に、アカデミーに、俺との稽古もあるのに、接点のない女をいじめる暇なんてないだろ……って思うようになって、頭に相反する意見が二つ現れて、モヤモヤするようになって」

「ピアの食糧攻めが効いて、クッキーの摂取が徐々に減って、少しずつ正常な思考が戻ってきていたのかもしれないな」

ルーファス様の言葉に、私も頷く。

「ピア……そういうことだったの」

そういえば、エリンにはきちんと食糧攻めについて話してなかったかもしれない。

「そうそう、ピアちゃんたまに、おっそろしい顔で俺を睨みつけてて、そういう時って思い返せばあの女に吹き込まれたエリンの悪口を俺が言ったあとで……そりゃ怒るよな」

「当たり前です！　ヘンリー様がエリンの好きな相手だからこそ、人付き合いが得意じゃないけれど骨を折ってたのに、私の大好きなエリンのことをあんな風に言うなんて！」

突然、エリンがポロポロと泣きだした。

「エリン？　ど、どうしたの⁉」

「ご、ごめんなさい、ピア！　私、わかっていなかった。実はね、領地にいた私のもとに、社交上の付き合いのあるご令嬢から手紙が来て、私がいなくなった途端、キャロラインばかりでなく、白衣の女もヘンリーにすり寄っていると、ご親切にも教えてくれたの」

「はあああ？」

「もちろん、ピアはそんなことをするわけないし、何よりルーファス様が許すわけがない。そうわかっていても、なんでピアがヘンリーとランチするの？　と、ずっと言い表せない感情が胸をくすぶっていたの……」

ああ……金銭的に負担に思うかもしれないと思って言わなかったことが、裏目に出た。

「ご、ごめん！　いい結果が出るかわからないし、エリンにこれ以上負担をかけたくなくて言わなかったの。悩ませてごめん！　私、ヘンリー様のこと三葉虫ほども好きじゃないから！　私は死ぬまでルーファス様だけしか好きじゃないから‼」

「「「………」」」

急にだんまりになった三人。エリンの涙もピタリと止まった。えっ？　と思って隣のルーファス様を見ると、右手を広げて赤い顔を覆っている。

「ヒュー！　公開告白だ！　よかったな、ルーファス！」

「きゃあああ！」

ヘンリー様の言葉に私はようやく察して、テーブルに顔を伏せた。

「ふふ。ピア、私の不安を払しょくするために心を晒してくれてありがとう。ルーファス様、私だってピアが大好きです。こんな一途なピアを泣かせたら承知しませんからね」

「エリン、わかってるよ」

　私をぬるく見守ることで、三人は団結し、そこからはギスギスした雰囲気が消えた。もうこの自分を犠牲にして物事を丸く収める性、どうにかしたい。

「ヘンリー、領地ではどういった治療を受けていたんだ？」

「一般的な毒物の治療と同じく、とにかく最初の数日は水だけ飲まされて、体中を空っぽにされた。断食が終わったあとは、野菜中心だった。なんでも毒の排出を助けるとかで」

　前世で一時期流行したデトックスってやつだろうか。

「でも、体力が落ちたからか幻覚がひどくなり、起きては叫んで殴られ、起きては暴れて殴られ……。やがて医療師から父に急激に毒を止めるのも危険だと忠告があり、医療師団長の指示どおり、回収されていたクッキーを少量与えられた。するとだんだん落ち着いてきて、周りが見えるようになって、あの頃の自分に戻りたくないって自覚してからは、クッキーが欲しい時は相談したり、人を上手く頼って甘えて……。たくさんの人に迷惑をかけたから早く良くなって謝り倒そうって思いながらガブガブ水を飲んで……今に至る」

　随分と、辛く長い旅だったように思える。しかし伺った話から考えるに、お気の毒にもクッキーの摂取量が多い他の三人は、回復にもっと時間がかかりそうだ。そして治療方法は旧来どおりで、今回の毒成分に直接ヒットしたものではない。

「ヘンリー様……治療、お疲れ様でした」

「ううん、ピアちゃん。自業自得だからさ」

「そのとおりだな。私はピア以外の女の手料理なんて絶対に食べない」

「そうそう、医療師に渡されたクッキー、半分以上がダミーだったんだ。それでも気持ちが落ち着くんだから、人間の精神ってよくわかんないな。そうやってクッキーをどんどん減らして、最後に食べたのはだいたいひと月前」

「とっても……頑張ったのね。私、自分だけが辛い思いをしているとばっかり……」

「エリン……エリンが許してくれたから……なんてことないさ」

ヘンリー様がエリンの涙を赤い鳥の刺繍がしてあるハンカチで拭いて、そっと抱きしめた。私とルーファス様は、静かに席を立った。


スタン家の馬車に乗り込んだ私たちは、ぽつぽつと今聞いた話を整理する。

「水を飲み、毒の排泄を促し、摂取量を徐々に減らす……」

「再び周囲が見えだして、現状を打破しようと強い意志を持つことで、中毒から本格的に抜け出せたと。残念ながら目新しい発見はなかったな。結局毒の正体がはっきりして、ぴったりあった解毒剤なり中和剤を開発しなければ、目覚ましい改善はないだろう」

ルーファス様が落胆したようなため息をつく。

「クッキーって、どの程度毒を仕込めるものなのでしょうね」

「味は特徴などなかったって言っていたな」

ルーファス様が足を組みなおして考え込む。

沈黙の下りる車内、ふと外に目を向けると、いつか見た水色と白のストライプの紙袋を持った女性たちと横に並んだ。街中ゆえに馬車のスピードはゆっくりで、紙袋の中の商品も覗けそうだ。ふと紙袋に小さな金の文字が入れられているのに気がついた。ジョニーおじさんのお土産はいつもご自身でさっさとお皿に移してしまうから初めて見た。

メガネをかけなおし、それを読む。

「お店の名前かな……パティスリー・フジ……え？　フ、フジ？」

「ん？　どうした、ピア」

「なっなんでもありません！　外の女性の持つお菓子が美味しそうだなと思いまして」

「……そうか。それなら今度用意させようか？」

「ありがとうございます！　楽しみです！」

なんとか笑顔を作ってやりすごす。

前世で馴染みのあるお菓子が評判のお店の屋号はパティスリー・フ、フジらしい。この世界には『フジ』のつく苗字の人もいなければ、当然『富士山』もない。私のように前世が日本人でもなければ思いつきもしない言葉だろう。ということは、もしかして……。

サメの歯の化石を見つけた時と同じくらい心臓がバクバクと鳴る。『パティスリー・フジ』、何か重要な手掛かりが摑めるかもしれない。

ジョニーおじさんに紹介してもらい（実際は陛下の付き人？　の方が繋いでくださったのだと思うけれど）、『パティスリー・フジ』の店主に少しお話を伺いたいとお願いすると、営業時間外ならばと了承してもらえた。

「えっ！　お嬢様、王都中の乙女の聖地、『パティスリー・フジ』に行くのですか？」

「サラも知ってるの？」

「当然！　お供します」

一度アカデミーから帰宅し、町娘風の綿のワンピースに着替え、サラと一緒に馬車に乗る。マイクと交代したスタン家のナイスミドルなおじさま、ビルが護衛同行してくれる。

ビルには「有名なスイーツショップにどうしても行きたくて予約したの！」と言えばなんの詮索もされなかった。女子がお菓子に目がないのは万国共通だ。

「あちゃー！　サラさんがご一緒だったと知ったら、マイクが拗ねちゃうなー」

ビルが苦笑いしつつそう言った。私とサラは、よく意味がわからず頭をひねる。

王都のメインストリートから一本外れた道で、馬車は泊まった。車窓から見える店構えは、照明は既に落ちているけれど、水色の壁に白い屋根のメルヘンな感じだ。

中に入ると、清潔な真っ白なシャツに黒いパンツ、癖のある長い金髪を襟足で結んだ男性が頭を下げていた。

「高貴なるお方にご来店いただき光栄です」

……一体私のこと、どう紹介されているの⁉　最初に王家を通したのがまずかった？

「あ、あの、ひとまず頭を上げてください！　お願いします」

そう言うと、ようやくゆっくりと頭を上げてくれた彼は、なかなかのイケメンだった。

そのイケメンはとろけるようなはちみつ色の瞳をなぜか大きく見開いて、私を指差し、

「クールキャラ枠宰相担当の、悪役令嬢のピアじゃないのっ！　何コレ〜ェ！」

私は十歳のあの覚醒の日以来、絶句した。

私を悪役と言ったり、ピアと呼び捨てにしたりしたことにいきり立つビルとサラをなだめ、私は二階のプライベートスペースで対峙した。部屋の入り口にサラが控え、ビルは玄関を守ってくれている。この配置になるまですったもんだあったけれど、『王家の噛んだ内密な話をしなければならないから！』と強引に押し切った。

「取り乱してごめんね。私はカイル。平民だから姓はないの。この店のオーナーです」

「はじめまして、私はピア・ロックウェルと申します。アカデミーの三年生です。研究中

に差し入れしてもらったこちらのお菓子がとても美味しくて、訪ねてまいりました」

「そうですか、お口に合ったようでよかった」

「ええ。ははは……」

気になって気になって話が続かない。私は腹をくくる。

「単刀直入に聞きます。カイル様は……日本からの転生者なのでしょうか？」

「……もしかして、君も？」

私はコクンと頷いた。

「は……はは。そっか……よかった。僕の頭がおかしいんじゃなかったんだね……ちゃんとあっちは存在してて……生きてたんだ……」

カイルは一気に目に涙を溜めてしまった。

私は前世の記憶を持つという薄気味悪さにおののくよりも、悪役令嬢の末路を憂いて、ひたすら回避に向けて突っ走ってきた。優しい家族とルーファス様と一緒に。それは、実は恵まれていたのかもしれない。

前世の不思議な記憶を持つという、人に言えない秘密を持ったこの人の人生は、きっと私よりも過酷だったのだ。平民ならばなおさら。

私も彼の涙と、遠い異国で同郷の仲間に会えた気持ちで、目がうるむ。

「カイル様、長いお付き合いになるかと思います。よろしくお願いします」

「ごめん！　湿っぽくなっちゃって。こちらこそよろしく！」

カイルは涙目でにっこりと笑った。

お互いに小さな声で詳しい自己紹介をし合う。そして、二人の時は気さくに話そうということになった。

「僕はねえ、製菓専門学校の学生だったの。高校生の時にスイーツ甲子園に出たこともあるんだ。で、前世のレシピを必死に思い出して再現して、生業にしてるってわけ」

カイルは、前世は年下で現世は年上かあ。おかしな感じだ。

「お店の屋号の『フジ』って」

「うん。富士山！　富士山を知らない日本人はいないでしょう？　いつか誰かが気がついてくれないかなって願ってたの。ピアが……見つけてくれて嬉しい！」

その想いに、胸がぎゅっと締めつけられる。

「それで……さっき私のことを悪役令嬢って言ったよね。つまり、〈マジキャロ〉をプレイしてたってこと？」

「そう。高校のスイーツ部は僕以外の部員は全員女子でね。乙女ゲームの話題についていくために何度もやらされた。〈マジキャロ〉はその中の一つ」

「ここが〈マジキャロ〉に似た世界だって気がついてた？」

「新聞で王太子殿下の絵姿を見た時に気がついた。このおかっぱ、フィリップじゃん！

って。でも、しょせん平民に転生した僕には関係ない話。あまり考えず、日々お菓子作って、売って、明日も寝床がありますようにって祈りながら寝る。その繰り返しだよ。ピアは悪役令嬢なんて大役、よく果たしたねえ。こんなに気が弱そうなのに。あら？　でもメガネなんてかけてなかったような？」

「それ！　なんで私がルーファス様ルートの悪役令嬢だってわかったの？　私はゲームではシルエットだけで名前も出ない登場人物だったはずよ？」

「え？　そうだっけ？　いやでも……あーそうよそうよ！　思い出したわ！　〈マジキャロ〉って、正式な発売前にベータ版があったの！　それを完クリしてるわ」

「ベータ版？」

なんだろう、初めて聞いた。

「知らない？　ピアはゲーム沼にはまってなかったのかな？　ベータ版って制作サイドのテスト版って言えばいいかな。〈マジキャロ〉の場合は発売前の一定期間無料でダウンロードできてね。それでユーザーからいい感触を得たものは活かして、逆に不評だった設定は省く……そういった工程を経て、ブラッシュアップされて、正式発売になるわけ」

「全然知らなかった。ゲームの販売方法としてはよくあることなのね？　そのベータ版、私は見たことがなかったんだけど……」

「〈マジキャロ〉の場合は正式発売の前に、綺麗さっぱり消えたわよ。稀に人気が出すぎてベータ版も残す、っていうゲームもあるけれど」

そうか。私は〈マジキャロ〉の正式版が流行してから始めたから知らなかったのか。

「それでね、そのベータ版では、悪役令嬢全員がきちんと姿も名前も登場していたのよ。もちろんピアも。だから一目でわかっちゃった。それで思わず叫んでしまったわ」

「そうなんだ……でもどうして私、正式版ではビジュアルが削られたのかな？」

「噂では、ほとんどのプレイヤーが王太子ルートを選ぶから、他のルートの細かなところで容量を使うよりも、メインルートを充実させようとしたみたい。案外綺麗な絵面だったのよ？　ピアも、他のえーとエリンとか、私の一押しシェリーお姉様とか、ツンデレなアンジェラ？　確かにキャラが多かったからベータ版は読み込みに時間がかかって、それがストレスだったっけ。だからって名前もビジュアルも思い切って全部消すとは思わなかったけどね！　絵師様が報われないわぁ……」

エリンやシェリー先生たちの名前も顔も知っているのだ。完クリは伊達ではない。ならばカイルは他にも私の知らない情報を握っているかもしれない。

「ねえピア。おっそろしい宰相家の護衛をつけてここに来たってことは、婚約破棄を回避したってことでしょう？　ピアの話も聞かせて」

私はかいつまんで幼い頃からのひたすら断罪回避に向けて生きてきた日々と、ヒロインが現れてからの攻略対象者や私を含めた悪役令嬢たちの動向、そして運命の、なぜか前倒しとなった断罪パーティーの結果を話した。

「そっかあ。ピア、頑張ったねえ。偉い偉い」

カイルが私の頭を、前世の親戚のお兄ちゃんのように撫でる。

「ありがとう。国外追放にならなかったし、ルーファス様とも婚約者のままで、ホッとしてる。ただ、実は、キャロラインも……転生者だったの」

「え？　敵なのにそんな突っ込んだ話をしたの？」

「ううん、本人がゲームのことを断罪パーティーで口にしたの」

「ヒロインも〈マジキャロ〉のプレイヤーだったのね……」

「今日私がカイルのお店に伺ったのはね、クッキーの毒成分の見解をプロに聞きたかったからなの。転生仲間とわかったからには、ゲームの出来事で覚えていることがあればなんでも教えてほしい。さっきも話したように、キャロラインの〈虹色のクッキー〉を食べた皆さんが未だに苦しい思いをしているから、なんとかしたいの。何か、クッキーに混ぜ込んでも味も変わらず違和感のない毒とか聞いたことない？」

「そんな危ない毒、ただのお菓子屋さんが知ってるわけがないじゃない。あ、でも待って。ベータ版のミニゲームにクッキー作りのタイムトライアルがあった……気がする」

カイルが右手を口に当てて考え込む。

「〈虹色のクッキー〉の作り方を知ってるの？」

「多分……まあミニゲームだからフワッとしたものだったような……制限時間内に戸棚から正しい材料を探して、揃ったら混ぜて伸ばして……キャラに合わせた型を選んで……。ごめん！　突然だから思い出せない。時間をちょうだい」

「もちろんよ！　よろしくお願いします」

「うん。ぶっちゃけ彼らの症状、深刻なんでしょう？　必死に思い出してみるわ」

だいたいの話が終わったのでそわそわしているサラを呼び、カイルの焼き菓子を一緒に試食させてもらう。お友達になったので、カイルの言葉使いは気にしないでいいとサラに説明する。

「美味しいねえサラ。甘すぎないところがいいよねえ。ところで……カイルの話し方って女言葉に聞こえるんだけど……男でいいのよね」

「ああ……僕ね、えっと外国の知識のおかげで斬新なお菓子が作れるでしょう。だから同業者のやっかみがすごいわけ。それを妙な奴ってことで躱す目的が一つ。もう一つは自分もびっくりするくらいのイケメンに生まれ変わ……育っちゃったでしょう？　店の評判が上がると同時に、貴族のおばさまからお声がかかるのよ。愛人になれって」

「……信じられない」

平民ならば、心をもてあそんでもいいと思っているの？　思わず下唇を噛む。

「全くねえ。軽く人間不信よ。でもきっぱり断ると逆恨みされて、平民の店なんかすぐ潰されちゃう。それでこの喋り方にしてみたの。するとおばさまたち、蜘蛛の子散らすように去っていったわ」

「さ、最低ですわね！」

それまでおとなしくお菓子をほおばっていたサラが、ごくんとお菓子を飲み込んでいきり立つ！　同じ平民として思うところがあるのだろう。

「ありがとう、サラさん。若い女の子の告白合戦も消え、その親に絡まれることもなくなって、キャラ立ちしたのか客足は伸びたし、もう、この話し方が普通になっちゃった。気を許す相手には、つい『僕』に戻るけどね」

女性っぽい言葉を選んで身を守っているのだ。私のように守ってくれる力ある人が周りにいないから。カイルは見た目よりもうんと苦労してきた、強い大人なのだ。

「小娘の私がこんなことを言っても信じてもらえないでしょうけど、これからは私がカイルの力になるから。偉い人、いっぱい知ってるの」

もちろん他人のふんどしで戦いますが？

「ありがとう……言葉にできないくらい嬉しいわ。ピア」

「お嬢様、そろそろお時間です」

サラが時計を見て声をかけた。

「待って！　お菓子買いたい！　まだ残ってる？」

「あー、生菓子は売り切れちゃったけど、焼き菓子なら少し残ってたかな。店頭の好きなものを選んでいいわよ」

私は弾んだ足取りで階段を下りた。

ピアの姿が消えたのを確認して、サラはずいっとカイルに詰め寄る。

「カイルさん、ピア様がおっしゃったかわかりませんが、ピア様の婚約者は国の実力者であられるスタン侯爵家のご令息です。ピア様を熱愛されています」

「そう！　冷たい政略結婚じゃなくて、あのルーファス様と両想いなんだね。それはよかった……。サラさん安心して。僕はピアを妹のように大事に思っている。決してピアが悲しむことはしないと約束できるよ」

「僭越ながら、私もピアお嬢様を妹のように愛していますわ」

「ならサラさんと僕も兄妹だね。よろしくね。今度はお店が開いてる時間に二人でおいで！」

「や、やったわ！　約束ですよっ！　カイルさんっていい人！　私も是非妹分に！」

「おいおい、ピア様もサラさんもあの色男と一気に仲良しになってるじゃねえか。オレ、なんとなく生命の危機を感じるんだけど……」

本日の護衛、ビルの呟きは闇夜に消えた。

しばらくして、カイルから「思い出した！」という連絡が入った。ケーキ目当てに、まだ明るい時間に訪ねることにして、エリンを誘うと喜んでついてきた。

本日はアカデミー帰りなので護衛はそのままマイクだ。エリンも一緒だし、毒を積極的に調べているとは気取られないように注意しよう。エドワード殿下につきっきりのルーファス様の心配事を増やすわけにはいかない。

にっこり笑ったカイルに迎えられ、前回同様二階のプライベートスペースに案内される。店内で押し合いへし合いしている大勢の客の羨望の視線を浴びながら、階段を上る。

私とエリンが腰を下ろし、マイクは私の後ろに立っていると、カイルがトレーに甘く香るケーキを載せてやってきた。そしてエリンの顔を正面から見た瞬間固まった。

「エリン様キタ……何この絶対一般人には出せない高貴なオーラは？　スチルの百倍美人なうえにキリッとしてるとか反則！　全然悪役令嬢に見えな……」

私は慌ててカイルの言葉に被せて紹介する。

「カイル。こちらは私の親友のエリン・ホワイト侯爵令嬢と幼い頃から私の面倒を見てくれているスタン侯爵家のマイク。二人はクッキーの事情を知る関係者だから、先日ついでにお願いした件を話しても大丈夫。あ、でも、マジキャ……専門的な言い方は避けてね」

ゲームうんぬんは上手くオブラートに包んでほしい。

「……了解よ。いらっしゃいませ。カイルと申します。今後ともご贔屓に」

カイルが営業スマイルで頭を下げた。

「はじめまして。今日はつい甘いものに惹かれてついてきました」

「……よろしく」

ケーキを前に顔全体で喜びを表しているエリンと、なぜかカイルを睨みつけるマイク。

一体どうしたの？　カイルが恐る恐るという感じで話しだす。

「先日チラッと聞かれたクッキーに混入しうる毒の件、僕もえっと……過去に読んだ資料やどこかで聞いた話をあれこれ思い出してみたんだけど、〈マジックパウダー〉っていうものではないかと思うんだ」

「「マジックパウダー？」」

「先日聞いた症状に近しい作用があるみたい。それは珍しいくらい真っ白くて、光にかざすとキラキラ輝き、粒は砂糖より細かく小麦粉よりも荒い。その〈マジックパウダー〉を混ぜて、食べた人間が虜になるようなクッキーを作ったんじゃないかしら？」

食べた人間が虜……カイルも上手いことを言う。

「クッキーは普通に美味しく出来上がるから、〈マジックパウダー〉自体に特徴的な風味はないと思うの」

「カイルさんはその〈マジックパウダー〉に心当たりはあるのですか？」

エリンが真剣な表情で質問する。

「いいえ、噂話を聞いただけ。流通するのを見たこともないわね。そもそも自分の配分に自信を持っているプロは、怪しげな素材なんて使わないと思うわ」

「そう……」

慎重なカイルの答えに、エリンが残念がる。

「カイル、調べてくれてありがとう」

あのクッキーに〈マジックパウダー〉が混入されていたことがほぼ間違いないとわかっただけで、私にとっては進展だ。カイルはこの世界でまだ現物を見たことがないようだけれど、ゲームでキャロラインが使っていたのならきっと実在しているはず。

〈マジックパウダー〉、次はそれを突き止めなければ。私は口元をきゅっと引きしめる。

「いえいえ。さあ、可愛い妹分への私の自信作、食べてちょうだい！」

カイル自らケーキを切り分け、お茶を淹れてくれた。マイクも王都一という評判に興味があるのか、おとなしく座る。

「「いただきます！」」

用意してくれたのはチョコレート味と抹茶味のケーキ。エリンもマイクも無言でモグモグ食べている。注意を引いていないことを確認ののち、私は小さな声で話しかける。

「カイル！　抹茶なんてどうやって手に入れたの？」

「お茶農家に無理を言って、発酵させてない葉っぱを貰ってきて、十年ほど試行錯誤した結果よ。なかなか日本の宇治に似てるでしょ？」

「うんすごいよ！　でも、いわゆるショートケーキ的なものはないんだね」

「作りたいよ！　でも、フレッシュな果物ってなかなか手に入らないのよ。この世界、流通にコストがかかりすぎ！」

ん？

「カイル、晩白柚みたいな柑橘類って使える？」

「あのでっかいミカンね！　チーズケーキに合わせたいわ！」

「バナナみたいなネットリ系は？」

「チョコケーキにスライスして挟みたいし、潰してパウンドケーキにも使いたーい！」

「エリーン！　商談でーす!!」

「「え？」」

私はカイルにエリンの領地がフルーツの名産地で、それにとどまらず、積極的に他国の果物も温室で栽培し、王都にアンテナショップまで持っていることを伝えた。

「まさか庶民の憧れ、保養地として名高いホワイト侯爵領の果物を卸してくれるの？」

「まさか王都一の神パティシエが、うちの果物で、ケーキを作ってくれるの？」

　エリンとカイル、二人して口をポカンと開けている。

「カイルは念願のフルーツたっぷりのケーキが作れる。エリンはカイルの顧客に、ホワイト領のフルーツをアピールできる。エリンの果物は高価だけど、スライスしてケーキに載ってるくらいなら、きっと学生でも手が届くわ！」

　カイルが姿勢を正し、両手を膝に載せる。

「ホワイト侯爵令嬢、私のような平民と、お取引してくださいますか？」

「私もピアのようにエリンと呼んでくださいませ！　あなたは皆の人生を幸福にする、とても素敵な技術をお持ちなのですから。もちろんよろしくお願いします！」

　エリンとカイルは両手でぎゅっと握手した。

「マイク、私ってばいい仕事したと思わない？」

　思いもよらない収穫に、自然にほころんだ顔でマイクを見上げる。

「こうも素早く、ピア様、サラ、エリン嬢の懐に入るとは……この男侮れん……」

　マイクはなぜか、不本意そうだ。

「でもマイク、これだけ美味しければしょうがないでしょう？」

「はい、最高に旨かった。完敗です」

　マイクは大きなため息をついた。

エリンと別れた帰り道の馬車の中、マイクがギロリと鋭い目を向けて質問してきた。

「ところでピア様。今日はケーキを食べるためにあのお店に行くと聞いていましたが、クッキーの毒について彼に調べてもらっていたようで……。一体どういうことです？」

「えーっと……ほら、先日のエリンのお茶会でもキャロラインから貰ったクッキーの話が出たの。ヘンリー様の症状や昨年のネズミ実験を思い出すと、やっぱりクッキーが気になるでしょう？　だから前回パティスリー・フジに行った時に製菓のプロなら何か知ってないかなと思って聞いてみただけ！　念のためにこの件は秘密だとちゃんと伝えてる。カイルは信用できる人だから大丈夫よ！」

いろいろと省いたけれど、全て本当の話だ。私は嘘をつくのが下手だから。それに転生仲間のカイルなら王族の極秘事項について漏らすことはないと信じている。

「……そうですか。ピア様、絶対に一人で何か企むようなことはしないでくださいね」

「わ、わかってるわ」

この凄腕護衛マイクには、もう半分くらい私の思惑を見透かされている気がして冷や汗が流れる。これ以上追及される前にと、私は強引に話題を変えた。

「それはそうとマイク、お店にいる時からちょっと元気ないね。マイクにはたくさんお世話になって感謝しているから……何か欲しいものない？　今日気に入ったお菓子をプレゼントしようか？　それともモーガンさんのところのペンならば使ってくれる？」

「……プレゼントではないのですが……サラとの時間を取ってほしいです……かね」

マイクが珍しく歯切れ悪く、そう言った。

「サラと？　打ち合わせ？　でもそれって全くプレゼントになっていないんじゃ？」

「警備上の打ち合わせをして、効率的に動けるようになれば、プレゼントと言えます」

「よくわからないけれど、そういうことだったら早いほうがいいよね。明日は？　私の護衛を他の人に代わっていただいて？」

「いえ、アカデミーでは私がお守りするようにと、ルーファス様に強く言われております。護衛とはいえ、これ以上新しい男をピア様のそばに置くつもりはない、と」

「はあ……」

「ですので、週末の私の休みに合わせていただければありがたいのですが」

「でも、仕事の話を休みの日に？　それってブラック企業じゃない！　休みは休まないと！　就業時間中にきちんと時間を……」

「問題ありません！　会合は短く、それが終われば、きちんと休憩致します」

「ふーん？　じゃあ、今週末マイクの指示した時間と場所にサラを向かわせるね」

「できれば私服で来るように伝えてください。場所は庶民の店のつもりですので」

マイク兄さん、注文多いな。とりあえず二人の打ち合わせを了承すると、マイクがようやく微笑んだ。

帰宅後、マイクの指定した時間をサラに伝えると、

「……忙しいからと躱していたら、まさかピア様を使ってくるとは……これでは断れないわ……」

「あら？　サラ。マイクとの話し合い、気まずいの？」

「いえ、その……マイクの家柄はお父様が騎士爵を持つ方で……私とは身分が比べ物にならないのです」

騎士爵とは武勲を上げた武人に与えられる一代限りの栄誉な爵位である。

「サラだって、とっても努力してアカデミーを卒業しているでしょう？」

うちの父は使用人を雇う時、学習意欲があるかどうかで決める。貧乏伯爵家の我が家はいつまで雇った使用人たちの面倒をみられるかわからない。だからせめて知識という武器を持たせておこうと。そうすれば次の職もすぐに見つかるだろうから、と。

その考えに納得し、いつ首になるかわからなくても勉強したい！　とうちで働くことを選んだ少数の使用人たちは、父と母から一定の教育を受け、望めば私と兄の家庭教師による授業を後ろから聴講できた。そして、学力が一定のレベルに達した彼らに父は、アカデミーに行く道を示す。「お金は出す。ただし『優』以外の成績は認めない」と。

学ぶことの喜びを知り、それ以上に無知であることの恐怖を知った者たちは、その提案を受けて、使用人と学生という二足の草鞋で必死に走り、一人前以上の大人になる。

そんな彼らなので、我が家の研究第一の家風をバカにしないし、着るものや調度品が痛んでいても、気にしない。何にお金が使われているか知っているから。

ちなみに今のところは母の根性のやりくりで、放り出した使用人はいない。新しい世界に行くために自ら進んで退職した者はいるけれど。

サラも病弱なくせにおてんばな私専属であったのに、寝る間も惜しんで勉強し、アカデミーをきちんと卒業している。アカデミー卒はこの国で最高のステータスの一つだ。

「マイクがスタン家の警備責任者だろうと、騎士爵の息子だろうと、サラはなんの見劣りもしないわよ。というか、護衛の配備の相談でしょう？　ひょっとして、マイクのことが嫌いなの？　二人きりになるのが怖い？」

私にとってはマイクは厳しくも優しいお兄さんだけれども、それは護衛対象だからで、実は他の相手には態度が悪いとか……いや、マイクに限ってそんなことはないと思う。

「いいえいいえ、滅相もない！　ピアお嬢様を大事にしてくださいますし、素晴らしいお方です。ただ、私にはもったいないと……」

「まあ無理にとは言わないわ。大好きなサラが嫌がることなんてしたくないもの」

「無理では……ありません」

サラとマイクはひょっとしたらケンカをしていて、マイクが仲直りを提案しているのだろうか？　私とルーファス様が婚約者同士である以上、二人が今後も顔を合わせるのは避けられない。できれば仲良くしてほしい、と思いながら夕食に向かった。

深夜、王宮よりスタン邸に帰宅したルーファスは、自身の書斎で眉間に皺を寄せてマイクの一日の報告を聞いていた。ちなみに侯爵は夜の社交に夫人と共に出かけて不在だ。

「〈マジックパウダー〉ね。毒の隠語にしては乙女ちっくな名前だな。そんなことを知っているなんて、カイルという男、本当にキレイな人間なのか？」

正面に座るマイクは淡々と答える。

「念入りな身辺調査をしましたが、後ろ暗いものは何一つ出てきませんでした。実際に会いましたが、素人だと断言できます。怖がりのピア様もすっかり懐いておりますし」

「面白くないね。私以外の男と親密にしているのは。随分と心を許して楽しそうだ」

ルーファスの目が冷たく光る。

「まあ、兄上であるラルフ様と接している時の雰囲気と近いので、ルーファス様がやきもきする必要はないかと。半分はお菓子目当てですよ」

「マイク、週末サラとデートだからと、いい気になってるな？　こっちはエドワード殿下の教育以外は全く先が見えず、悩みは尽きないというのに」

ルーファスは、はあ、と大きくため息をつき、前髪をかきあげる。

「中毒は良くなる兆候がなく、事件の全貌もまだ見えないということですね？　キャロラインはまだ黙秘を続けているのですか？　もう無理やり口を割らせてもよい頃合いでは？」

「ラムゼー男爵邸からは不自然なほど何も証拠があがらなかった。マイクの言うようにあの女になんとしても真相を吐かせなくてはならない、というのはわかるのだが、今日の陛下の打診は……なぜピアを巻き込まねばならないんだ……」

今後のスケジュールを確認したのち、マイクは部屋を出た。

ルーファスはそれを見送ると、ピアがマイクに持たせたというパティスリー・フジの焼き菓子を一つ、睨みつけながら口に入れた。

「ピア、君は私の気持ちも知らないで、会えない間に何をこそこそ動いているんだろうねえ。おしおきが必要かな？　そろそろ話してもらわないと」

第五章　ヒロインとの再会

サラとマイクが打ち合わせをする週末に、私にも簡素な服で、そしてなぜか白衣持参でスタン邸に来るようにとルーファス様から連絡があった。どこかに出かけるようだけど、お忍びデートなのかしら？　とちょっとウキウキしたのだが、だとすると白衣が謎だ。

真面目な話をすれば、きっと〈マジックパウダー〉について私に直接話を聞きたいのだろう。まだ名前と形状と症状しかわかっていないものだけれど、国の調査に役立つならば使える情報は共有したほうがいいと思う。

どんな理由にせよ、お会いできる時間は全力で心地よく過ごすのみだ。

私はサラとひとまずスタン邸に赴いて、サラをマイクに引き渡した。なぜか心細げなサラを、手を振って見送った。今日のサラはいつものグレーのメイド服でなく、夏めいた水色のワンピース。とっても素敵なレディだ。

これはマイクってば、サラにキュン死しちゃうんじゃないかなあ～って、あれ？

「ルーファス様、ひょっとしてマイク、サラのことを好きなのでしょうか？」

「……まさか、何もわかってなくてお膳立てしてたのか？　ピアが協力してくれたなんていうから、研究バカのピアが珍しいものだと思っていたら」

「なんと……マイク、早速サラをパクっと食べちゃったりしませんよね？」

「パクっとって……ピア、二人とも私たちよりずっと大人なんだよ。ほっとけばいい」

マイクとサラが馬車で出ていったあと、いつものスタン家の馬車が玄関に着いた。

「ルーファス様、今日はどちらへ？」

「ピア、とりあえず馬車に乗ってくれる？　ピアと相談のうえで行き先を決める」

私はいつになく生真面目な顔でエスコートしてくれるルーファス様の手を取って、いつものように彼の隣に座った。膝の上に手を載せて、何事だろうと彼を見つめる。

「ピア、最初に言っておくよ。これは命令じゃないから。……キャロラインがピアに会いたいと言っている。正式には黒髪にメガネをかけた白衣の女性研究者に会いたいと」

「え？」

キャロラインが私を呼んでいる？　いや、私ではなく白衣の女を呼んでいる。あの断罪パーティーで私はけっこうな人数に顔バレしたけれど、ルーファス様はキャロラインには見せないように角度に気を配っていたということか？　まあ普段とかけ離れたドレスアップをしていたし、そもそも悪役令嬢＝地味な研究者なんて結びつかないのかも……。

「ラムゼー男爵が死に、残ったキャロラインは完全に黙秘。なんの手掛かりもなく、焦っていたところに、ピアに会いたいとキャロラインから言いだした」

彼女と対峙した時の姿を思い出し、今の牢での様子をルーファス様の言葉から想像する。

「だが、ピアと私は被害こそなかったものの関係者。散々嫌な目に遭わされたし、仲間を傷つけられた。ピアが協力できなくともしょうがないと、父を通して国王陛下からも言葉をいただいている。だから、会うかどうかはピアの意思に任せるよ」

キャロラインは……私に何を伝えたいのだろう？

この乙女ゲームに似た世界で、私が長年怯えていた正体を知りたい。エリンが何のために涙を流し、ヘンリー様が未だに後遺症に苦しむ羽目になったのか、知りたい。それに魔法菓子について、直接本人から上手く聞き出せたら……可能性は無きに等しいけれど。

「私、会ってみます」

ルーファス様がそばにいてくれるなら、きっと大丈夫だ。

「そうか……助かるよ。ピア」

「その前に一カ所、寄り道してもいいですか？」


王都の中心部からかなり外れた草原に、突如として高い塀に覆われた無機質な建物が四棟現れた。

「ここが牢ですか」

「決して脱走、脱獄させたくない犯罪者を収監するためのね」

大きなカンヌキをしてある分厚い門の前で馬車を下りる。この見た目に心が折れそうになる。ブルリと震えると、ルーファス様が手を繋いでくれた。

門番にルーファス様が二、三話すと、すぐに門がギギッと音をたてて開いた。

中には見たことのある男性が、この場にそぐわぬ笑みを浮かべて待っていた。

「ピア」

「陛下っ！」

私は慌てて膝をつこうとしたが、陛下が手で静止し、視線でルーファス様を促して私を立ち上がらせる。

「ピア、私は今日ここにいてはまずい人間なのだ。だから今日はいつものようにジョニーおじさんと呼んでね」

「は、はい。ジョニーおじさま、お久しぶりです」

陛下はぶらりと研究室にやってくる時に似た、ラフな格好に付け髭なしの姿だ。

「うん。ピア、健やかそうで何より。今日は面倒なことを頼んで申し訳ない」

いかなる理由があれ、陛下を謝らせるなどあってはならない。

「あ、頭をお上げください。今度、また研究室に差し入れしてくださればそれで幸せです！」

「ピア、お安いご用だよ」

「陛下、私もその場は立ち合いますので」

「ルーファス……お前は……まあよい。ピア、彼は医療師団長だ。知っているな」

陛下の陰から、有名な薄紫の髪の男性が現れた。

「ロックウェル博士、はじめまして。分野は違いますが博士の論文、いつも興味深く拝見しております。このたびは息子がご迷惑をおかけし申し訳ありません」

ローレン医療師団長。ジェレミー様のお父様が私に頭を下げる。

「いえ、私は何も！」

私は慌てて首を振る。

「医療師団長にも立ち会わせる。毒についての言及が得られるなら直接彼の耳に入ったほうが間違いない」

陛下の言葉に小さく頷く。本日の私たちの護衛のビルとはここで別れ、陛下の護衛に囲まれて、中に入った。


一番奥にある背の高い塔に入り、らせん階段を上る。入り口に一人、それぞれの牢の扉に一人牢番が立っている。室内に窓があったとしても、そこから転落すれば死ぬしかない高さ。これほど厳重な見張り……キャロラインは私が思う数倍も重要人物なのだ。

最上階の部屋の前で、ローレン医療師団長に注意事項を言い渡される。

「博士、くれぐれも興奮させないようにしてください。何か聞き出そうと思わなくていい。彼女が話したいように話させて、その内容を私たちは拾います。なお、入室するのは牢番の彼と、博士だけです。我々は顔が割れていますので、彼女が素直な態度を取るとは思えない。もちろん隣の部屋で監視し、何かあればすぐに救出に参ります」

「そんなことは聞いてない！　ピアをあの女の前に一人差し出す？　ありえない！」

ルーファス様が静かに異議を唱える。

「ルーファス！　お前も狙われていただろう！　この女の手管が毒ではなくて怪しげな術であれば、お前も犠牲になるおそれがある。腰を椅子に拘束しているし、我々が見守る隣室の壁は薄く、中を密かに覗けるようになっている。ここはそういう独房なのだ。私がピアを危険な目に遭わせるわけがない。そこの牢番は私の一番の手練れだ」

陛下の言葉を受けて、牢番に扮した屈強な男性が私たちに頭を下げた。

「ルーファス様、私は彼女にとってただの研究員です。大丈夫です！」

そう言って、ルーファス様の袖をちょこっと掴むと、彼は大きなため息をついて、

「ピア、白衣を」

ルーファス様が、私の背中に回って、羽織らせてくれた。私はバッグからメガネを取り出してかける。

「ピア、嫌な気持ちになったら手を上げろ。いいね」

「はい」

陛下が合図して心配を隠せないルーファス様とローレン団長を連れて隣室に入った。続いて鉄製のドアがギィと音をたてて開き、牢番に続いて私も入る。重いドアは開けたまま。正面を向いて、思わず息を呑む。キャロラインは茶色の木綿のワンピースを着て、椅子に腰を縄で固定され座っていた。目隠しされ、耳も綿を詰められ、猿轡をされている。

「自殺防止です。では外します」

牢番の声に頷いた。彼がキャロラインの肩をポンポンと叩くと彼女の体がびくりと跳ねた。そのあと、目隠しや耳栓が順に外される。私とバッチリ目が合う。

「キャロライン、君の望んだお客様がようやく見つかった。名前もわからなかったから探すのが大変だったぞ。今から口を自由にするからな。遠いところ来てくれたお客様に無礼を働くなよ」

キャロラインはこくんと頷いた。牢番が猿轡を外す。すると彼女は屈託なく話しだした。

「えーと、白衣の研究員さん、久しぶり？」

「は、はい。こんにちは」

「こんなところまでごめんね。ねえ、私がなんでここにいるか聞いた？」

「はい。私もアカデミーに在籍していますから」

ここまで来て、何も知らないふりをするのも白々しいだろう。

「まあ王様まで登場したし、そりゃトップニュースになるよね……私のこと、呆れてる？」

「いえ、なんであんなことしたんだろうって、率直に思っています。あの時も言いましたが、あなたはとっても美しいです。あんなことをしなくても、いくらでも幸せになれたのにって、頭の中をぐるぐる回っています」

「だってさあ、せっかくこんなに可愛く生まれたし、憧れの王子様が可愛い、好きだって言ってくれるのよ？　私たちの間に楔を打ち込む人にどっかに行ってほしいって思うのはしょうがないでしょ？　まだ学生なんだもの」

ペロッと舌を出すキャロライン。それ以降も話す内容はのらりくらりとしていて、まだ若いし愚かな行動を取ってもしょうがないよね？　というアピールに聞こえる。

無害な私に、無害であることを証明してほしいのだろうか？

「あー、いつまでここにいるんだろう。早く家に帰りたーい」

「家に帰って……何がしたいの？」

「ん？　お父様と食事したいわ。うちは貧乏貴族だから、父が料理をすることもあるの。父のカブのスープ。美味しいのよ？」

——待って。キャロラインはラムゼー男爵が自死したことを知らないの？

「え？　その顔は何？　まさか、父に何かあったの!?」

「………」

「はっきり言いなさいよ！　なんのためにあなたを呼んだと思ってるの！　あなただけは正直だから呼んだの。嘘を言ったり誇張したりおべっか言ったりしないから！　まさか……死んだの？」

おろおろと何も言えない私に彼女は大きく目を見開いた。ああ、ローレン団長に興奮させてはダメだと言われていたのに……。知らせてしまったことが捜査の邪魔になったらどうしよう。

「そんな……そっか、じゃあきっと次は私ね……」

キャロラインはぶつぶつと虚ろな表情で呟く。

牢番を見ると、私に向かって首を横に振る。もう出ろということだ。私は重いため息を一つついて、最後にキャロラインに歩み寄った。

「キャロラインさん、順番が遅くなったけど、今日はお土産を持ってきたの。もしよかったら、食べて？」

彼女は器械的に私の小箱を受け取り、蓋を開けた。

……ゆっくりと彼女の瞳に光が戻り、ワナワナと箱を持つ手が震えだした。

「こ、これ、どら焼きじゃない！　なんで？　なんで〈マジキャロ〉の世界に和菓子のどら焼きがあるの？」

「最近評判のお店で買いました。店主が言うには、遠い異国のお菓子で、本当はあんこを挟みたかったけど、小豆が見つからないから抹茶クリームというもので代用したとか」

ここに来る前に、ルーファス様にお願いしてカイルの店に立ち寄ってもらったのだ。事情を話すと「ちょうど試作品がある」と、このどら焼きもどきを持たせてくれた。

キャロラインは、恐る恐る一つ手に取り、小さく口を開けて、かじった。

「抹茶だ……美味しい……帰りたい……お母さん……おかあさーん‼」

「キャロラインさん⁉」

キャロラインは泣き崩れ、悲壮な叫び声をあげた。私は思わず駆け寄って、必死に背中をさすった。

「白衣さん……父が死んだのなら、もうどうでもよくなっちゃったわ。私の話を聞いてくれる？　といっても話すことなんて大してないんだけど」

「……教えてください」

私は本当に真相を知りたいのだという思いが伝わるように、真剣に頷いた。

「私はね。田舎で母と二人で貧乏ながらも慎ましく暮らしてた。でも母が流行り病で死んでひとりぼっちになり、もう、生きるためには身を売るしかないって覚悟した」

……この世界で少女が一人生き抜くということが、それほど大変だということを、私は今、初めて知った。当たり前のことだけれど、貴族令嬢の私と平民の彼女は、何もかもが……違うのだ。胸に痛みが走る。

「そんな時、目にした新聞にフィルの絵が載っていて、さらに尋ね人欄に『生き別れの娘の情報を求む』というラムゼー男爵の記事があった。私はそれを見て……えっと、閃いたの。だって私の名は〈キャロライン〉だったから」

おそらく前世の記憶を思い出し、ここが〈マジキャロ〉に似た世界だと気がついたのだ。

「私は生きるために、ラムゼー男爵を訪ねた。ラムゼー男爵は何も詮索せず、喜んで私を娘として迎え入れ、衣食住を与えてくれた。そしてアカデミーに行ってほしいと言われ、シナリオに乗ることが運命だと確信したの」

「えっと、お父様は、あなたに親切だったの？　本当のお父様ではなかったんでしょう？」

「顔しか取り柄のない小娘を清潔な環境で生かしてくれるだけで、私にとっては恩人よ。父は暴力をふるうこともなく親切だった。何か思惑があって私を迎え入れたのだとしても、父の役に立つのならそれでいいって思った」

納得ずくのことだったのだ。生きるために。

「付け焼き刃の教養が身についたところで、アカデミーに編入することになった。そこで父に、『王子様を含む有力貴族の息子五人と極めて仲良くなるように』と具体的な指示を初めて受けた。このために私を養ったのだとわかったわ。でも貧乏貴族でしかない父にそうすることのメリットなんか見当たらなくて、きっと、ずっと偉い人からの命令なんだろうって思った。でも父は追及してほしくなさそうだったから、あえて聞かなかった」

私は聞いていることが伝わるように、しっかりと頷く。

「五人を攻略することは、私にとって簡単なことだった。だってシナリオを知ってるんだもの。その裏にある意向などどうでもよかった。家に帰って父に毎日報告すると、あからさまにホッとした顔をして、褒めてくれた。私たちは、偽物ではあるけれど運命共同体で、お互いを気にかける、まあまあの親子だったわ」

偽物の親子でも、何かしらの情があったのだ。なんだか……切ない。

「でも、途中から、攻略ペースを上げるように命令された。シナリオから外れることになるから急がないほうがいいんじゃ？　というようなことを上手くぼかして父に伝えると、『何やら思いどおりにならず、焦ってらっしゃるようだ』と、暗い顔をしていた。父はいつも何かに怯えている風だった」

その上司？　のせいで、断罪パーティーが一年以上前倒しされたっていうこと？

「そして、私はルーファス攻略に行き詰まった。父に宰相の息子を優先的に籠絡するようにと言われていたのに。すると、父が『何かに混ぜて、食べさせろ』と白い粉を持ってきた。あー、ここで〈魔法菓子〉タイトル回収なのねって思った。だってその粉すごくキラキラ光ってて、いかにも魔法の粉だったのよ。だからその白い粉を混ぜて、ゲームを真似た型で抜いてクッキーを焼いた。魔法がすぐに効いたのか、みんな欲しがってびっくりしたわ。それからは、私の予想よりハイペースで好意を向けてくれるようになった。でも肝心のルーファスが食べなくて、私は追い詰められたけど」

キラキラしている白い粉——ああ、カイルに教えてもらった〈マジックパウダー〉の特徴と一緒だ！　それにしても、ルーファス様を最優先……引っかかるけれど、毒解明のためひとまず置いておこう。

「そのお菓子、あなたは味見したの？」

「いいえ。とても貴重だから私たちの分などないって禁じられてた」

本当にそう言われていたとすれば、ラムゼー男爵は娘を守ったのか……。

「その白い粉ってなんなのでしょう？　どこにあったのですか？」

「さあ、私はシナリオどおりだなって疑問を抱かなかったから。多分金庫に入れてたんじゃないかしら？　父は大事なものはみんなそうしていたし。そういえば、魔法の粉を渡されたのと同じ頃に、預かりものだという銀色の石をわざわざ手袋をしてしまうところを見たことがあるわ。よっぽど貴重な宝石なのね、と興味を持ったけど、『精製してないやつはちょっと臭いな』ってひとりごとを言ってて。なんだ宝石じゃないんだって残念に思ったのを覚えてる」

銀色の石、素手で触らず手袋、ちょっと臭い……。

「急に黙り込んでどうしたの？　白衣さんも魔法の粉が欲しくなっちゃった？　でもあれはヒロインのためのアイテムだから、白衣さんが使っても効果ないと思うよ？」

キャロラインは未だ、この世界とゲームを混同しているようだ。この世界には魔法なんていうファンタジーなものはなく、キャロラインの言う魔法の粉――おそらく〈マジックパウダー〉は、恐ろしい効果を発揮する……毒物なのに。

「キャロラインさん……その白い粉入りのクッキーを食べた皆さんは、今も個室の病室で隔離されるほど重症なの。回復の見込みがないんです」

「……嘘……だってただ好感度を上げる便利なアイテムで……お酒のような酩酊状態になって、食べなくなれば元どおり、ではないの？　あれから半年以上も経ってるわ！」

「私は……研究者の視点から、あなたがクッキーに混ぜた白い粉は違法薬物に近いものだと推測しています」

「違法薬物？　え？　フィルやジェレミーは……まさか死んじゃうの？」

「仮に違法薬物とすれば神経に作用しますので……今、懸命に治療を受けられています」

「そんな……そんなつもりなかった！　殺すつもりなんてもちろんなかったわ！　可愛い魔法で、一時的に作用があるだけのものだと思っていたのに……ああ、だから父は……」

よほど動揺したのか、彼女は大声でそう叫んだ。しかしやがておとなしくなり、すすけた天井を見上げた。

「キャロラインさん、改めて聞きますが、あなたはお父様にお願いされて殿下たちを攻略した。彼らが好意を向けてくるようになった要因は、白い粉入りのクッキーだった、ということでいいですね」

「……ええ。でもこれしか道はなかった。私も多分父も。攻略を楽しんだのも事実だし、極刑でも文句ないわ」

キャロラインはそれ以上話すつもりはないのか、残りのどら焼きをもぐもぐ食べた。話が切れたのを見計らったように、牢番が私に退出を促す。

「キャロラインさん、あの、お元気で」

キャロラインは口に食べ物が入っているからか、私にバイバイと手を振った。またしても、前世のように。

「……お母さんに続いてお父様も天国かあ。私もすぐに……。次に転生する時は、貧乏なままでいいから、お母さんとずっと一緒に……お母さんさえいれば……私は……」

鉄扉が閉まる瞬間、どこか遠くを見つめるキャロラインの瞳からはらりと涙が零れた。

「ピア！」

独房を出た途端、視界が真っ暗になり……ルーファス様に抱き込まれていた。

「心配で心配で生きた心地がしなかったぞ！」

　ルーファス様はそのまま私を抱き上げた。

「きゃあ！　お、下ろしてください」

「とりあえず、ここを出よう」

　厳しめの陛下の声を合図に、皆で階段を下りた。塔を出てもルーファス様は下ろしてくれず、恥ずかしいけれどしょうがないので、彼の腕の中から自分の不手際を詫びる。

「ローレン団長。興奮させるなと言われていたのに、申し訳ありません」

「いや、予想以上の収穫だったよ。博士、ご協力感謝する」

「そのとおりだ。よくぞ心を開かせてくれた。ピアでなければ無理だったろう。あとはこちらで検証する。ありがとうピア。ルーファス、ピアをゆっくり休ませてやってくれ」

　私はルーファス様にならって陛下に深々と頭を下げ、ビルと合流し馬車に戻った。

　馬車の中のルーファス様は膝から私を下ろすことなく私の頭に頬を載せたままで、夕刻スタン邸に戻り、書斎に落ち着いた今もまだその状態をキープ中だ。

　顔から火を噴くほどに恥ずかしいのに、何事もないように、お茶をサーブするスタン家のお義母様の侍女と、正面に座ったマイク。マイクはデート？　のあと、サラをロックウエル邸に送って既にこちらに戻っていた。なんとなく機嫌がよさそうだ。二人に何か進展はあったのだろうか？

ルーファス様は専門家であるマイクにキャロラインから仕入れた情報を伝えながら、自分の脳を整理していた。

「概ね予想どおりですね。やはりあの女はただの駒でしたか」

「予想どおりだが、証言を得られたことで、ようやくその先を考えることができる」

私はなんとか体をよじって、ルーファス様の腕から脱出することに成功した。

「ラムゼー邸から証拠があがらなかった以上、その白い粉、〈マジックパウダー〉を別ルートで探し、同じものだと立証することが新たな任務だな。そしてそれと首謀者を結びつける……キャロラインの言っていた銀色の石も、扱い方からして何か関係がありそうだ」

私の目標とほぼ一緒だ。地味に頑張ろうと右手をグッと握りしめる。

「それにしても、キャロラインの態度が変わったきっかけは、ピアのお気に入りのパティシエのお菓子だったな。ああなることをわかっていたのか？」

「……カイルのお菓子に素直になれない女子なんて、いないと思います」

私とカイルは転生者同士、奇跡的に現世で出会い親睦を深めたけれど、キャロラインだけ仲間外れのようになって、なんとなく気が引けた。キャロラインも苦労してきたことがわかるとなおさらに。どら焼きの差し入れは私の独りよがりな贖罪だ。

「もちろんルーファス様の分もありますよ。甘いから疲れが取れますよ？」

私がバッグから取り出して一つ手渡すと、なぜか面白くなさそうな顔をして、大きく口を開けてがぶりと食べた。

「そのパティスリーの店主のことだけど、何度も会ったり手紙を交わしたり随分と打ち解けているようだね。どういうことかな？　私はピアの賭けを真剣に受け止め、ピアに会う時間を削って必死に殿下を指南し、一人、寂しい思いをしているのに」

「ええっ⁉　そ、それは誤解です‼　カイルとは何もありません！」

私は助けを求めるようにキョロキョロとマイクを探したが、煙のように消えていた。

「カイル？　ふーん？　呼び捨てねえ。私にはいつまでたっても敬称付きなのに」

「違うんです！　カイルと会っていたのは毒の情報を得られないかと思って……ああ、もうっ！　私の例の賭けの課題はクッキーの毒の解明だったんです！　なんとか皆様の力になれないかと独自に毒の調査をしてましたっ！」

はい、白状しました。本気のルーファス様を前にして偽ることなんて私には無理だ。恐る恐る顔をギギギと上げると、ルーファス様が鬼の形相になっていた！

「……そういうことか。ピア？　私は前々から一人で突っ走るなって言っているよね？　ピアの行動が善意からのものだというのはよーくわかったけど、だからって私以外の男とたびたび会って嫉妬させるのは本末転倒なんじゃないかな？」

「し、嫉妬ですか？　ルーファス様が？」

思わず目を丸くする。

「ピアの気持ちは信じている。しかし私のいないところで他の男と楽しそうにしていると聞いて、なんとも思わないほど枯れていない」

「浅はかで……ごめんなさい」

　ルーファス様のためにと思ってしたことが、嫌な思いをさせていた。私が唇を噛んで縮こまっていると、彼は再び私を膝の上に抱き上げ、私の頭にキスを落とした。

「あの、でも、改めて、微力ですがお手伝いしたいです。〈マジックパウダー〉と銀の石、私も探します」

　私が動かないほうがルーファス様は安心だろう。でもこのまま中毒症状に苦しむ四人を放っておいて、今後穏やかな人生など生きられるわけがない。だから重ねてお願いする。

「……賢すぎるのも困りものだ。災禍にその身を投じざるをえなくなるのだから。でも、正直ピアに頼らざるをえない。お願いだから絶対に単独行動はしないでくれ」

　ルーファス様が、眉根を寄せて、私の髪を耳に掛ける。

「私たちはいつでも二人で一つだ」

「はい。考察は全てルーファス様にお話しして、今後は遠慮なく頼ります」

「それでいい……また唇を噛んだな？　跡がついている」

　そう言うとルーファス様は、私に食べるようなキスをした。

第六章　立太子の儀と晩餐会

あちこちから蟬のミンミンと鳴く声が響き渡る。アカデミーは夏の休暇に入った。

最終学年の夏休み、学生たちは卒論や卒研のために王都に残り、ひたすら机に向かうのが一般的。きっと今頃エリンもヘンリー様もたくさんの本や資料に囲まれて、うんうん唸っていることだろう。

でも、私は既に入学前に卒研を提出しているので、毒の解明に専念できる。とりあえず〈マジックパウダー〉と一緒に保管していたという銀の石を怪しいと睨み、探そうと思うものの、あまりに漠然としているので、とりあえず石（化石）を掘りながら考えようと、恒例の北の大地！　スタン侯爵領にお邪魔している。

「……これもちがーう！　これも違う！　ああもう、ココ、金しか出ないいっ!!」

銀色の石を探す時に限って金色が光る。ここはレジェン川の上流の金鉱と繫がっていたようだ。

「マイク……今、ピアお嬢様が後ろ向きに放り投げて、ダガーがボールみたいに咥えて走り回ってるの、金、なのよね？」

「……そうだ。サラ、君の主には本当に……何年経っても新たな発見があるよ」

背後でサラとマイクがひそひそ話をしているのが聞こえる。どうやらこの二人には少し進展があったようだ。

「全く、化石のほうがよほど扱いがいいな。ダガー！　ブラッド！　持ってこい！　ピア、ちょっと休憩しよう！」

ルーファス様に呼ばれて立ち上がり、背伸びをして腰を叩く。今日もルーファス様のお下がりの白シャツにベージュ色のパンツ、そして麦わら帽子姿だ。

ダガーたちの咥える鉱石を受け取って袋に入れながら、ルーファス様が私の様子を窺う。

「芳しくないようだな」

「はい……」

自分が掘り返した岩盤全体を漠然と眺め、思考に沈む。正体不明の銀色の石は毒と思われる〈マジックパウダー〉と関連があると思って探しているわけだけれど……。

……ん⁉　ひょっとしたらその銀色の石こそが毒そのものかもしれないと、不意に頭に浮かんだ。でも石が毒なんて……いや十分ありえるしっ！　前の世界は石の毒……鉱物毒で溢れていたことを、今更思い出した。

「マイクー、ちょっと教えてほしいのだけど、鉱物由来の毒があること、知ってる？」

マイクを大声で呼びつけると、すぐに駆けつけつつ眉間に皺を寄せた。

「……いえ、私の知る闇で流通する毒は、トリカブトのような毒草や毒キノコ、それにフグなどの魚の毒ですね。鉱物由来の毒というのは、聞いたことがありません」

スタン家凄腕護衛のマイクが知らないということは、この世界で鉱物毒……鉛や水銀などは認知されていないのだ。どうやら化石と同じく、石に興味が薄いらしい。

銀の石、そして白い粉である〈マジックパウダー〉、それらを私の知識と結びつけるならば、

「ヒ素かな……」

ヒ素は前世では西洋でも東洋でも古くからかなりメジャーな毒だった。時代劇の毒饅頭なんて、ほとんどがヒ素だ。

ヒ素――正式にはもっと長い名称だったけど忘れた――は無味無臭で、硫砒鉄鉱を加熱し結晶化させて採取するけれど、まれにその鉱物に白い粉として付着している自然物もあったと思う。そして鉱物自体はニンニクのような臭いがするとかしないとか……。

ヒ素そのものではないにせよ、そういった、この世界独自の……体調不良や幻覚を引き起こし、中毒性のある毒を精製することができる、銀色の鉱物があるのではないだろうか？

「ピア、何を考えているの？　教えて？」

ルーファス様が真剣な顔で私の瞳を覗き込む。

「私はこうして化石を発掘する際に、副産物としていろんな鉱物を発見致します」

「よく知ってるよ。たった今、金脈の続きを見つけたしね」

「……ごくまれに、体内に取り入れたら有害な成分を含む鉱物があることを知っています」

「なんと……先ほどの鉱物毒の話はそこに結びつくのですね」

マイクが目を丸くする。

「キャロラインの見た銀の石が毒成分を含む鉱物で、それから精製したものが白い粉。この国で知られていない毒だから試薬もなく、クッキーからは何の毒の反応もない、という検査結果になったのではないか？　というのが私の仮説です」

ルーファス様の表情が険しいものになる。

「鉱物毒か……初耳だ。貴重だからというよりも、触れると危険だから『手袋』ね。ひょっとしたら我々も、知らずに触ったり口に入れたりしている可能性もあるのか？」

「仮に私が想定する硫砒鉄鉱もどきであれば、珍しいものではありません」

江戸時代の女性のおしろいは、水銀製だったと聞いたことがある。水銀は毒だけれど、その時代で普通に流通していたものなら、ためらわず使うことだろう。

例の毒が仮にヒ素もどきだとする。前世では、硫砒鉄鉱は金銅錫などの鉱山地帯や火山地帯、温泉地などで産出されていた。しかし、そういった場所を探索したいと考えようとも、化石の時に立ち塞がった問題同様、よそ様の領地を勝手に探索などできないし、鉱山なんて領地の一番の宝を小娘に教えるわけがない。

「そういうことならばピア、プロとして見極めろ。まだここで掘り続けるか否か？」

ルーファス様が腕を組んで私に結論を促す。

「……撤収します。ここはおそらく出ません。そもそも全く臭わないもの」

「わかった。一旦屋敷に戻るぞ」

領主邸に戻り、夕食ののち、すっかり暗くなったバルコニーでルーファス様と一服する。

この世界のヒ素もどきを探すといっても……どうやって探せばいいのか？

ラムゼー男爵はどうやって手に入れたのだろう？　近場だとすぐに証拠があがるから、きっと遠方から取り寄せたに違いない。ではどこから？　私は途方にくれてぼやく。

「何か……アテがあれば全然作業効率が違うんだけどなあ……」

前世のようにこの世界に鉱床分布図があれば、見当をつけられるのに。せめて行きたい場所が決まってから、領主と交渉できる。

「アテとは？　具体的に思いついているのか？　私にできることならばなんでもするよ」

鉱床分布図の作り方……鉱物は専門ではないのでうろ覚えだ。見つけたい鉱物にもよるけれど、衛星写真を分析したり、電気や電磁波を流して鉱床調査は行われていたと思う。

「電磁波を流す……波形の変化で調べるのよね……」

「波形の変化？　それ義兄上の論文で読んだよ。正直ちんぷんかんぷんだったが、音の反響で水中に潜む敵を見つけるというようなものだった。義兄上に相談してはどうだ？」

兄は前世で言う魚群探知機みたいなものを考えているのか。それにしてもルーファス様、お忙しいのに婚約者の兄の論文まで目を通してくださっているなんて、感激だ。

電磁波を超音波で代替え……できるだろうか？　超音波を当てて、鉱物の有無を確認！

可能性は薄いけれど、そろそろ自分と違う角度で科学的に物事を捉える人の意見を聞いてみたい。何か閃くかもしれない。

「ルーファス様、私、王都に帰ります」

「まだ今回は化石、全然採ってないじゃないか？　五十センチ以上の生物の化石を見つけて、私との賭けに勝ちたいのだろう？」

「……そんな悠長なこと言っていられないでしょう？　次はどんな手で命を狙われるかわからないじゃないですかっ！」

つい叫んでしまい、下唇を噛む。

暗闇であっても、ルーファス様の目が大きく見開かれたのがわかった。

「……そうだね。賢いピアが気がつかないはずがない、か」

「ラムゼー男爵の背後には、主犯がいます。早く捕まえなくちゃ！　もう私にはこれまでのように頼りの予言はないのです！　回避の仕方なんて全然わからない！」

キャロラインとの面会の後、必死に考えたのは毒の素性だけではない。キャロラインがただの駒で、役割を果たせず失敗したのなら、後ろで糸を引く人物はまた新たな計画を立てて、目的を達成しようと動くはずだ。今度はもっと巧妙に。

動機は相変わらずわからない。でも、狙われる対象は前回とおそらく変わらない。キャロラインが言っていたとおり、最優先はルーファス様だろう。

「ルーファス様が、見えない敵にいつ襲われるかと思ったら、私……私……」

恐ろしい想像をしてしまい、カタカタと震えだす。

「ピア」

ルーファス様はカップを脇に置き、ヒョイと私を抱き上げて、自分の足の間に座らせた。背中から抱きしめて、私の肩に顎を載せて、私を完全に捕らえる。

「毒に苦しむ殿下たちのためだけでなく……私のために、大好きな化石探しを中断して、毒の含有されている鉱物を探していたんだね」

「当たり前でしょう？　私はルーファス様の婚約者です！　ルーファス様が病気や怪我をするなんて耐えられない！　私が絶対に証拠を見つけて、ルーファス様をまもる……」

後ろを向かされて、長い骨ばった指が私の顎を固定する。ルーファス様と唇が重なった。

ついばむように何度も口づけられて、しばらくして一ミリだけ離れた。かすれた声で囁かれる。

「ピアが私を守ってくれるの？」

「は……い」

「嬉しい。でもね、スタン家が狙われるってことはピアも狙われるってことだ。ピアは私の婚約者なのだから」

「そっか……」

「だから、一人にならない、危険なことをしない。いつもどおりだ。いいね？　じゃあ今回は長く逗留できず残念だけど、疲れが取れたらすぐに王都に戻ろう。一緒に」

「はい」

額をこつんと合わせて、瞳を覗き込まれる。

「ピアだけだよ。皆が私には助けなどいらないと思っている。そんな私のためにこんな華奢な身を粉にして……私のことを、失いたくないと思ってくれるのはピアだけだ……」

再びキス。体を少し倒されて、星空が目に入る。ルーファス様の煌めくグリーンの瞳も星のようだな、と思いながら目を閉じた。

「人の耳で捉えられない振動数の音波をぶつけて、その反射波で埋蔵する物質を調べたい？　ピア、どこでそんな方法を仕入れてきた？」

兄が胡乱げな表情で私を見つめる。

「いえ、お兄様の論文にそんなのがあったと、ルーファス様に聞きまして」

「……残念ながら今のところ実用性ゼロだ。その技術は俺がどんなに頑張っても死ぬ前に完成できるかどうかだ」

兄がポイっとペンを机に投げて、自らの肩を揉んだ。

「そうですか……」

覚悟はしていたが、期待していた光を失い、ダメージが大きい。もうこれから何を頼りに探せばいいのか……。

「ピアはルーファス様が食べるかもしれなかった毒の大本を見つけたいんだろ？」

私はコクンと頷いた。私の家族はルーファス様からこれまでの事件の経過を伝えられている。彼は大事なご令嬢を巻き込み申し訳ないと、両親に頭を下げてくれた。

「じゃあピアが相談すべきは父上だよ」

「え、お父様？　どうして？」

父ならばさっき、収穫したばかりの芋を抱えて、ホクホクした顔で庭を横切っていた。

「父上の専門は農業の技術向上。品種改良に肥料作りに……農薬の開発」

「農薬……毒！　……ですね」

灯台下暗しとはこのこと。私は窓を開けて、大声で父を呼んだ。

「鉱物由来の毒かあ。私も農薬に使ったことはないなあ」

狭く、やはり資料だらけの父の書斎で、三人膝を突き合わせて座る。父が頭を勢いよく掻きながら答える。

「そうですか……」

思わずがっくりと肩を落とす。

「しかしちょっと引っかかることはある。ピアの役に立つかどうかわからんが」

「教えてください！」

こっちは藁をも掴む思いなのだ。

「私が国の調査で各地の農村を訪ねて聞き取りを行った時、害獣をよける〈魔よけ〉のような石や粉を田畑の縁に置いている地域があった」

「害獣よけ……ですか」

前世の日本の田んぼに、真っ赤な彼岸花がたくさん植えられていたのと同じだろうか？彼岸花の根には毒があり、田畑を荒らすネズミやモグラ対策だ、と聞いたことがある。迷信かもしれないけれど。

「私は実際に効力があるのか興味を持ち、その石を農民たちが集めてくる場所を教えてもらって訪ねた。すると、その山一帯、死んでいた」

「それはまた……のどかな農村と真逆の光景でしたね」

兄も目を丸くする。そこには誰も気がついていない鉱床があり、その一帯は毒物で汚染され、木々は枯れて、動物は死んでしまったのではないだろうか。

「お父様、その場所、覚えてらっしゃいますか？」

「覚えているわけがない。でも書き留めている」

父はニヤリと笑った。さすが研究者だ。正確な記録は基本中の基本。

「すぐに部屋から地図を持ってまいります！」

私は自分のためだけに作った冊子状の、どれよりも詳しいこの国の地図帳を取りに部屋に向かおうとした。

「ピア、急がないでいい。どの箱に記録を入れたか、どうせパッと思い出せん。確か五年前だから……いや、地域別の箱に入れたっけな？　既決箱だっけ未決箱だっけ？」

「あー、書類を整理するのって面倒ですよねー。父上よくわかります」

「急いでください！　一刻を争うのです！　お兄様も同調してないで手伝って！」
「「えー！」」

母に父のお尻を叩いてもらい探してもらっているうちに、なんと、エドワード第二王子殿下の立太子が決定した。ルーファス様、年内どころかまだ残暑中なのに勝負を決めてしまった……賭けに負けた私は一体何を引き受けることになるのだろう？

そして、なんとアメリア様がエドワード殿下の婚約者に決定した。フィリップ殿下との婚約解消からの流れでいろんな葛藤があったろうと推察できるけれど、国母に相応しいのはアメリア様をおいて他にいない。政略結婚に間違いないけれど、どうかお二人とも幸せになってほしい。

などと、すっかり他人事気分で、お二人のご成婚の時には肖像画入りのプレートを買おうとか思っていると、私が夏季休暇中なのに研究室で次なる採掘準備をしていることを聞きつけた客がやってきた。

アージュベール王立アカデミートップ、白くて長いあごひげと足元まで覆う黒いローブ姿が、神秘性を十倍増ししているラグナ学長だ。学長はこのアカデミーの管理者として学生から我々研究者まで幅広く目を配り、時折この研究棟にもやってきて、順に研究室を回り、相談に乗ってくれる。

そして、国随一の現役研究者という立場にもあり続けている。このお爺ちゃんのどこにそんなエネルギーがあるのだろうか？

「は？　立太子の式典と晩餐会？」

「うむ。ピアちゃんはその立場ゆえに出席じゃ」

学長はニコニコと笑いながら、紅茶に四杯も砂糖を入れた。カップの底に溶けきれない顆粒がザラリと沈んでいる。

「えっと……何か私に立場ってありましたっけ？」

「今回の式典は国のあらゆる分野のトップが参列して、エドワード王太子殿下による新体制のもと、国は一枚岩であるということを内外に知らしめるためのもの」

「はあ」

「行政、司法、貴族、軍人など、各分野から上位五名が参列の義務を負う」

私はふんふんと頷く。

「で、ピアちゃんは学術分野で、序列五位、ということだ」

「ぜーったい、ありえません！」

アカデミーのこの研究棟の中にも、私よりも優れた結果を残し、社会に貢献している先生方が二十人はいますが！

「いや、実働中の研究者は案外少ないぞ？　まあでも、本来ピアは十五番目じゃな」

「それでもおかしいです！」

私はぶんぶんと首を横に振る。

「今年度の正式な序列じゃ。で、ピア以外のメンツは、あちらを立てればこちらが立たずの状態でな。派閥やらも絡んで……誰を選んでもめんどくさいんじゃよ」

上の先生たちって……あんまり仲が良くないの？　知りたくなかった。

「そこで我ら学術界のマスコットガール、ピアちゃんの登場じゃ！」

「誰がマスコットガールですか⁉」

にっこり笑う学長に、思わず言い返す。

「ピアちゃんを出席させるつもりだと、関係者各位に連絡を入れたら、全員一致で賛成された。もちろん間で飛ばされた五位から十四位の先生方もな」

「な、なんで？」

「皆ピアと研究が被らんし、世代が大幅に違うから愚かな嫉妬も浮かばない。アカデミーや学術分野の地位向上に持ってこいじゃとわかっておるからな。口を揃えて『ピアちゃん！　いろんな人にニコニコして、来年度の予算倍増を狙え！』だそうじゃ。まあ陛下と宰相の秘蔵っ子であることは、知る者は知っとるでなあ」

責任重大じゃーん！

「ということで、準備しておくようにな」

「お、お待ちください！　あの、一応婚約者様のご意向も聞かないとあとが怖い……」

私の行動は、もはや私一人の意向では決められないのだ……。

「もちろんルーファスには確認済みじゃ。わしとて命は惜しいからな」

学長がチラリとマイクを見る。

「ピア様、ルーファス様は公務のほうでそちらにご出席されます。ですのでエスコートできず申し訳ないとのことです」

「あら、そうなんだ」

まだ王太子になりたてのエドワード殿下のそばを離れることはできないのだろう。

「ということで、ピアちゃんはわしがエスコートするからの。ルーファスによれば、わし以外はありえんのだそうじゃ。だから可愛くて賢そうで、予算をぶんどってこれそうなドレスを着ておくれ」

ようやく今日の来訪目的が達せられた学長は、お茶を幸せそうにじゃりじゃりと飲んだ。

「えええ……？」

貧乏伯爵令嬢が、我が国で最も晴れがましい儀式に参加することになろうとは……。

真っ青な空ともくもくと白い入道雲のくっきりしたコントラストが眩しい真夏の本日、エドワード第二王子殿下が国王陛下の前に跪き、頭上に王太子の冠を載せられた。

そしてなぜかそれを最前列で見守る、自然科学学術分野、序列暫定五位のピア・ロックウェル博士もうすぐ十八歳です。

「ピアちゃんはちっこいから、一番前で見学しなさい」

「「「そーしなさい！」」」

という、学長はじめ先輩方のお心遣いで、一番前にずいずい押し出された。モブはこんな厳粛かつ華やかな場所は苦手なのに。

エドワード王太子殿下はフィリップ殿下よりもがっしりした体格で、二歳年下だから勝手に小さいと思っていた私のイメージを覆した。金髪に赤い瞳のエドワード殿下のほうがジョニーおじさんに似ている。

ここにいる全員……主役であるご本人も、ただ一人ここにいない人のことを心のどこかで思っているだろう。

正面に向かって右側に王族が数人並び、その横に侯爵家はじめ高位貴族が連なっている。

スタン家の義両親やエリンのお父様であるホワイト侯爵が美しい姿勢で立っており……ホワイト侯爵の横の女性がエリンのお母様？　やっぱり美人だ。ルーファス様は見えるところにはいない。完全に裏方だろうか？

正面向かって左側は来賓である他国の王族や首脳たち。それぞれ趣のある民族衣装の正装で華やかだ。

少しよそ見をしている間に、冠を戴き、赤いマントを羽織ったエドワード殿下がゆったりとした足取りで舞台袖に歩いていき、殿下の瞳そっくりのルビー色のドレスを纏った女性をエスコートして戻ってきた。

アメリア様だ！

「皆、このたび私はここにいるアメリア・キース侯爵令嬢と婚約した。知ってのとおり、アメリアは兄をずっと支え続けてくれた。そんな彼女に無理を言って再び王家に入ってくれるよう懇願したのは私だ。未熟な私を助けてくれるのは彼女を置いて他にいないとわかっていたから。だから皆の者、くれぐれもよろしく頼む」

一気にそう言うと、エドワード殿下はアメリア様の手袋をした指先にそっとキスをした。

私たち臣下は一斉に頭を下げた。

その日の夕刻、引き続き行われた晩餐会は、先ほどの儀式に比べれば随分砕けたものだった。私は前世風に言うならばモーニング姿の魔法使いのような痩せた学長と、学長に続く序列第二位の我が国の建築学の権威、同じくモーニング姿で前ボタンがはち切れそうにふくよかなグリー教授に両脇からエスコートされて入場した。どちらが私をエスコートするかでこのお爺ちゃん二人が揉めに揉めて、こういう結果になった。お二人とも奥様は残念ながら他界されたそうだ。

ちなみに私はフリルが華やかにあしらわれたエメラルドグリーンのドレスだ。

「いやーピアちゃんと腕を組めるなんて、田舎から出てきた甲斐があったわい！」

グリー教授はなんと私の論文を全部読んでくれていた。マニアックな話が通じるなんて学者同士ならではで嬉しい。後ろでニコニコ笑って見守ってくれている序列三位と四位の天才ガゼッタ夫妻も、私の論文を褒めてくれた。理解される喜びに泣きそうだ。

「おい、あんまりくっつかんほうがいい。ピアちゃんの婚約者のルーファスは恐ろしい男だ。スタンだぞ？　あのスタンの直系！」

学長がそう言って、教授をつつく。

「あちゃあ、スタン侯爵家に捕まっちゃったのかあ。ああ、そういえばそのネックレス〈妖精の涙〉だな。宰相も婚約の時分は今の奥方に肌身離さずつけさせてたなあ」

教授は義両親のこともご存じらしい。

「グリー教授、この〈妖精の涙〉ってそんなに有名なのですか？」

「スタン家が最愛の女性に贈る宝石だ。わしは宝石のことはよく知らんが、小さな国一つ分の価値があるらしいぞ？　そして、スタン家が認めない者が身に着けると、その女ばかりか一族もろとも破滅するという呪いがかかっているらしい」

「まさかの呪いのアイテム再び……」

　私は思わず手を首の後ろに回し、外そうとした。

「ピアちゃんやめて！　それここで外したらわしら殺される！」

　学長が悲鳴を上げる。教授も肩をすくめて、

「まあ、確かにそのおっかないネックレスを外したら、ピアちゃんに取り入ろうとする輩がわんさか寄ってくる。魔よけと思ってつけておいたほうがいい」

「結局呪いなんですか？　魔よけなんですか？」

「ピアちゃん、わしらは科学者だぞ？　そんなもん信じちゃならん！」

　言いだしっぺは二人のくせに……。

　多数の豪華な参列者の中では、私たちのような学者は小者。重要度の低い者から入場し、最後は陛下という順序にならい、我々は先頭を切って席についていた。

　小者の学者テーブルとはいえ、私から見れば殿上人の集まりだ。私は毒鉱物についてちょっとだけ情報収集することにした。

「あの、先生方、この国で鉄や銅の鉱山のある場所をご存じないでしょうか？　有名なと

ころは知っています。産出量が少なくて既に廃坑になっていても構わないのです。近場に温泉なんかあると、なおいいです」

「ピアちゃん、化石と関係があるのかい？」

「いいえガゼッタ博士、全くの別件です。ちょっと……鉱山で取れる銀色の副産物を調査中です。私腹を肥やすためではないと宣言できます」

「まあ！　うふふ。誰かのためにってことね？　国中測量して回って忙しいはずなのに、そこまで婚約者に尽くして……うちにお嫁に来てほしいくらいだわ。ガゼッタ領は温泉はないけれど石炭と錫の鉱山があるわ。人はつけるけれどいつでも見学においでなさい」

　ガゼッタ夫妻は二人してニコニコと頷いてくれた。

「誰かのため……のう。そういうことならば、今年入学したアレン家が金鉱、ジャスパル家が鉄と石炭、バラル家が銅と、アカデミーへの提出書類に書いてあったか。そういえば、マクラウド領もかつて良質の銅が採れたのう？　それに温泉も湧いていた」

　学長がさらりと個人情報を教えてくれた。絶対に外には漏らしません！　話を振られたグリー教授はなぜか私をじっくり見つめたあと、黒目をぐるっと回しおどけてみせた。

　席があらかた埋まったところで、アナウンスが入った。

「続きまして、友好国からお越しいただいたご来賓の皆様のご入場です」

　見入っていた食事のメニューから目を離し、メガネをかけてそちらに注目する。

予想外にも三番目に、ルーファス様が見るからに高貴な若い女性をエスコートして入場した。明るいつややかな茶色の髪をなびかせた彫りの深いエキゾチックな美人だ。

「あのカラフルな民族衣装は……隣国パスマの第二王女じゃな。なるほど、ルーファスの公務はこれじゃったかあ」

「ほー、あれがスタンの息子か。若い頃のオヤジそっくりだな。あの王女、スタンの息子を随分気に入ったみたいだな。あんなに腕を巻きつけて」

ルーファス様はそのまま来賓席の彼女の隣の席に着いた。王女は育ちが良さそうな屈託のない笑みをルーファス様に向けている。思った以上に心がざわつく。

「ぴ、ピアちゃんや、国賓のエスコートをすること、まさかルーファスに聞いてなかったのか？　ああ、そんなガッカリした顔をするでない」

学長が私の眉間の皺を人差し指で伸ばす。そんなに変な顔をしているのだろうか？

「ピアちゃん、スタンの息子は全く目が笑っていない。その呪いを身につけさせてる婚約者が会場にいるのにアホなことにはならん」

「魔よけです！　って違った！　ああもう！」

このエメラルドはルーファス様の婚約者である証。ルーファス様は絶対に不誠実なことなどしない人だと信じられる。

でもあれほどの美人と腕を絡めて歩いて、嬉しくない男がいるだろうか？　見るからに華があり、快活そうで、スタイル抜群。所作も完璧な王女様。

それに対して悪役ではなくなったけれど、なんの特徴もないシルエットモブ令嬢の私。

「完敗だわ……」

すっかり弱気になり、ひとりごちる私。

「ん？　おお、もうそんなタイミングだな。カンパーイ！」

フルートグラスを渡されたので、とりあえず一段高い席に着いたジョニーおじさんに向けて掲げ、グイっと飲む。さすが王家の晩餐会。いいスパークリングワインだ。

「美味しい……」

食事と歓談タイムに入ると、両脇のお爺ちゃんが私の皿にどんどん料理を盛ってくる。

「うむ。ピアちゃんは痩せすぎじゃ。さあこのわしのエビも食べなさい」

「ピアちゃん、わしのデザートも食べてくれ。今日はわしは酒しか飲まん！　さすが王家！　特級酒ばかりだ！」

中央ではダンスが始まった。最初に国王陛下ご夫妻、続いて王太子殿下とアメリア様が踊って……ルーファス様とパスマの王女様もその輪に入った。眩しい光景だ。

ルーファス様は我が国の筆頭侯爵家の嫡男。王族を除けば最も高位の青年貴族の一人だ。隣国の第二王女の降嫁先として全く問題ない。

荒唐無稽な幼い私の話を丸ごと信じてくれたルーファス様の気持ちを、疑うなんてありえないことだ。前世の彼氏のように心変わりしないことなどわかっている。比べるのもおこがましい。私だってルーファス様を想う気持ちは誰にも負けない！

でも、もし、隣国から結婚の打診が来たら、断ることなどできる……の？

さらに積み上がっていたご馳走をやけ食いの気分で、俯いたままひたすらもぐもぐ食べ、ワインで流し込む。言葉にできないモヤモヤした気持ちをごまかすために、それは最善に思えた。とにかくルーファス様の横に素敵な女性が立っていることが嫌でたまらない。

そんな私に声をかけたがる人が遠巻きに集まっていることも、彼らを学長が恐ろしい視線で牽制し、グリー教授が大きな体で私を無遠慮な視線から遮っていることも、私は気がついていなかった。

「こういった席は若い娘には息抜きになるだろうと、ピアちゃんを表舞台に連れてきたのは陛下とわしじゃが……ピアちゃんを簡単に利用しようと群がる輩がこうも多いとは……」

「……成果が出るまでどれほどの地道な努力が必要か想像できない奴らに、我らのピアちゃんと口をきかせるものか！　それにしてもスタンの息子もめんどうな王女様に絡まれたな。友好国ゆえにはねつけられない」

「モグモグ……お二人とも私の頭越しにごちゃごちゃ話すのやめてください！」

私が、デザートを食べ終わり、口をぬぐって締めのお茶を飲んでいると、ざわりと周囲の空気が変わった。

前世で習ったモーゼの十戒のように人垣が割れて、ルビー色のドレスを着た、王太子婚約者アメリア様がこちらに優雅に歩いてきた。私を含む学術テーブル五人全員がサッと立ち上がり、九〇度に頭を下げる。学長が代表で寿ぐ。

「アメリア様、このたびはご婚約おめでとうございます」

「学長先生ありがとうございます。あと半年はアカデミーで学びますのでよろしくお願い致します」

さすがアメリア様！　まだ学生ゆえに、アカデミートップの学長のところに自らお出ましになったのだ。細やかな心遣いに感激していると、

「ところでロックウェル博士、ちょっとお時間よろしいかしら？」

「へ？」

私はなぜか、将来のクイーンという、キング・オブ・モブの私が絶対に関わりっこない相手に連行されてしまった。

会場を出て少し先の小さな休憩室に入り、勧められるままにソファーに座る。

「アメリア様、このたびはご婚約、誠におめでとうございます。私はアメリア様こそが王

妃に相応しいと、数年前の小さなお茶会以来ずっと思っていました」

アメリア様はしばらく私を見つめたあと、扇子を広げて、なぜか顔を隠した。

「そ、そう。なんというか……嫉妬心なしにそう言われるのは初めてだわ。まあルーファス様が婚約者ならば、王族との婚約を羨む必要ないものね……ありがとう。そのお気持ち、とても嬉しいわ」

「はい！」

「こほん、ピア様。私はあなたが科学的視野から、あの年始のパーティーの惨状を予見し、研究の合間に走り回ってくれていたと、陛下やスタン侯爵令息から伺っています。あなたの骨折りで、コックス伯爵令息は軽度の症状で済んだとか？」

「ぜ、全員の皆様に目配りできず、申し訳ございません！」

フィリップ殿下を救えなかったことが申し訳なくて思わず下を向く。

「違うの！　あなたを責めている言葉ではなくってよ！　ルーファス様も、ヘンリー様も、そしてエリン様も、言ってみれば幼馴染みなのです。単純に二人だけでも逃げ切れたこと、本当に嬉しく思っているの」

そう言われれば、皆、あの小さなお茶会の初期メンバーなのだ。

「でも……」

フィリップ殿下は今も苦しんでいる。メインの攻略者ゆえに誰よりも多くクッキーを食べさせられているはずだから。そしてアメリア様はフィリップ殿下とあんなに仲が良かったのだ。

「関係者として、ほぼ全ての情報を聞いています。そして思うことは結局、クッキーを食べるよりも前に、殿下は私よりもキャロラインに惹かれてしまったということ。婚約解消はクッキーのせいではないわ」

「え……？」

「私と殿下は恋人というよりも戦友だった。私はそれで満足だったけれど、殿下は物足りなくなりキャロラインを好きになった。それならば、キャロラインも殿下を真剣に愛してくれればよかったのに……。そうであれば私は喜んで身を引いたでしょう。でも、キャロラインは誰かの指図で愛するふりをしていただけとか？　やりきれないわ」

「アメリア様……」

「つまり、クッキーがあろうとなかろうと、殿下と私は同じ気持ちではなかったのです。私の……力不足だったのよ。そして、クッキーを食べたあと、攻撃的になった殿下と距離を置くように、私が少しでも傷つかないようにとアドバイスをしてくれたピア様に、直接お礼を言いたかったのです。本当にありがとう」

「め、めっそうもありません！」

私は、我が国で一番美しい人の心の清らかさと無念さをしみじみ感じて……たまらずに泣いてしまった。ハンカチで慌てて拭き取る。

そんな私の様子に驚いて、心なしかおろおろしているアメリア様。ますますご迷惑をおかけしてしまった！　早く泣きやまねばと思った時、小さなノックが聞こえた。

「まずいわっ！」

アメリア様がなぜか緊張感のある声を出した。

「入るぞ……ピア！」

「ルーファス様？」

なぜか、晩餐会場で王女様をおもてなししているはずのルーファス様が目の前にいた。

「アメリア嬢……なぜピアが泣いているのだ！」

ルーファス様がアメリア様を凍るような視線で睨みつける。

「ち、違います！　私が勝手に、アメリア様の、しなやかな強さとか、私たちへの気遣いとか、心の内の無念さとかを想像して、感極まってしまっただけなのですっ！」

私は慌てて二人の間をとりなした。

「ピア様……」

アメリア様がゆっくりとルーファス様と場所を交代する。

「ルーファス様、今日までエドワード王太子殿下を丁寧にご指導してくださりありがとうございました。あなたのおかげで今後は具体的な政務を官僚に学ぶ段階に移り、私もサポートに入ります。これからも私たちを支えてくださいね」

ルーファス様は私の横に腰を下ろし、アメリア様に向けて恨みがましい表情をする。

「そんな顔で見ないでちょうだい。私、これでも二人に感謝しているの。とりあえずイリマ王女のお相手をしてくれたご褒美として、ほら、ピア様を用意しておいたから許してちょうだい。この部屋は宴が終わるまで好きに使ってくれていいわ」

アメリア様は自分の侍女と共に、優雅に一礼して去っていった。


扉が閉まったのを確認すると、ルーファス様は私に向き直った。

「……アメリア嬢のご厚意に乗っかろう。ピア、何も問題なかったかい？　陛下がどうしても博士枠でピアを出席させるってゴネるから、私以外で一応最善のエスコート役を準備したつもりなんだけど」

なんと、発案は陛下で、学長にお願いしたのはルーファス様だったのか！

「まさかグリー教授まで出てくるとは思わなかったな。教授は歳を重ねるごとに偏屈になり、功績によって賜った領地にこの十数年籠りっきり。何度王都に出てきてほしいとあちこちから誘われても全く動こうとしなかった人なんだよ。でもピアの存在に好奇心を抑えられなかったようだね」

「まあ！」

グリー教授、そんなレアモンスターのような扱いだったなんて！

「ピアと教授、そして国のご意見番であるアカデミー学長に、天才数学者と物理学者のガゼッタ夫妻。今日のピアのテーブルはどこよりも注目を浴びていたよ。珍しいメンバーが立太子式に出席したことで、エドワード殿下に箔がつき、陛下も喜んでいる」

「つまり、私は珍獣枠だったのですね」

「本当は私の婚約者枠なのに」

でも、エドワード王太子殿下の門出に少しでも貢献できたのならばよかった。

今日のルーファス様は、皆様と同じく黒のモーニングに銀のネクタイ姿。あれ？　胸元のチーフは明るいレモンイエロー。差し色なんてこういう場ではしないはずなのに。

「ひょっとしてそのポケットチーフ、パスマの王女様とお揃いですか？」

「ああ！　忌々しい！」

彼はサッとそれを引っこ抜いた。

「ピア、私は当然こんなものをつけたくはなかった。陛下の指示だ。この貸しは高くつく。王家め……覚悟しておけよ」

「本当ですか？　とても楽しそうにダンスをしていらっしゃいましたが」

つい恨みがましい言い方になってしまう。私は本当に小者だ。

「ピアの目は節穴か？　ピア以外の女のおしゃべりに付き合うなんて、拷問以外の何ものでもなかった！　ピアが学長たちと和気あいあいやっているテーブルに突撃したかったよ！　でもこれでピアもわかってくれただろう？　相手にその気がなくとも、好きな相手が他の異性とそばにいるのを見聞きすれば、嫉妬するものなんだ」

「嫉妬……私、やきもちを焼いていたのですね」

顔に血が集まるのがわかる。恥ずかしくて両頰を手で覆う。

「ふふ、これでおあいこだ。それよりもピア、誰とも踊っていないね？」

「保護者がどんどん食べさせてくるので、立ち上がることもままなりませんでした」

「学長、よくやった。じゃあ私たちも踊ろう。あ、ちょっと待って」

ルーファス様は内ポケットから新たなポケットチーフを取り出して、胸にきゅっと入れた。今度はネクタイとセットの銀色だ。

「ピアの瞳の色だよ。礼服は黒だし、完全にこれで私はピア一色だ」

「え？　私の瞳は薄灰でしょう？」

「うん。銀よりも澄んでいる灰色だ。でもメガネのガラス越しにみると、キラキラ輝いて銀に見えるんだ。ピアも私のグリーンのドレスがよく似合っているね。さあ踊ろう」

二人きりの休憩室で、漏れ聞く音を頼りに、手を取り合って初歩のステップを踏む。侯爵家ではダンスのレッスンも数回受けたけれど、初めての本番にカチコチに固まる。

「ルーファス様、ごめんなさい。全然踊れなくて」

「ピアにダンスの練習をする暇などなかったことくらい、私が一番知っている」

そうだ、私たちは一緒に育ったのだから。

「これからも私としか踊らないのだから、問題ない。踊る暇があればピアは大好きな化石を探していていいんだ」

ルーファス様の優雅なターンに足がもつれる。

「でも、ルーファス様は私以外の人と、今日のように踊るじゃないですか」

「……かなり気に障った？　今日は珍しく絡むね？　可愛い嫉妬は歓迎だけど？」

「当たり前です！　私じゃない女性をくるくる回しているのを見て、すましてられるほどできた人間ではありません！」

「そっか……ごめんね、ピア」

ルーファス様は私の頭を、結い髪が乱れぬようにそっと撫でた。

「それもお相手は私が逆立ちしても敵わないような、ちょーぜつ美人！　自信はなくすし不安になって、己の器の小ささに泣きそうになりました」

「ピア、私が信じられないの？」

「ルーファス様を信じていても、王女様なんて太刀打ちできない相手が登場しちゃったら、ルーファス様、連れていかれちゃうかもしれないじゃん！」

「じゃん？　……いつになく包み隠さず話すし、足元がおぼつかないなあと思ったら、ピ

ア、ひょっとしてお酒を飲んだね？」

「はい！　学長たちが『今日は飲むのが仕事だ！　ルーファス様も承知している』って言ってました」

「承知などしてないが……まあいい。この際だ。ピアは私が王女になびくと思ったわけ？」

「なびくんじゃなくて奪われるの！　国家権力で！　あっちとこっちの王様から、王女様と結婚しろ！　って命令されたら、ルーファス様も頷くしかないでしょう？」

「なるほど……ピアは私の心変わりではなく、力不足を心配したんだね」

そういうことに……なるのだろうか？　ちょっと話がずれた気がして、頭をひねる。

「もし、他国の王女ごときの人身御供にされそうになったら、私はこの国を壊すだろうね」

「……ん？」

国って壊せるんだっけ？　思わず瞳を天井に向けて考える。

「ああ、スタン領を独立してもいいね？」

「そんなことできるのですか？」

「できるよ。その気になれば。うん、一言言っておこう」

誰に？　なんか、おかしな方向に話が向かっていきそうで、正体不明の悪寒が走った。

「とにかくピア、さっきの王女のことは目が二つあったことしか覚えてない。アメリア嬢が無事婚約者のお披露目を済ませたから、今後は彼女が相手をしてくれる。ピアと双方の母親、そして私たちの未来の娘以外のエスコートは、二度としないと誓うよ」

「わ、私たちの娘？」

話題がまた急展開して、思わず声が裏返る！

「私はいつもピアと結婚して子どもを授かり、家族でピクニックするのを夢見ている」

スタン領の山すその木陰で、私たちがダガーとブラッドと共にサンドイッチを食べている風景を思い出す。そこに、私たちの子どもも加わる……想像するだけで胸が高鳴る。

「わっ私も、同じ夢を見たいです」

「それ以外、許さないよ？」

そう言ってルーファス様は私をくるくると回した。グリーンのドレスの裾が軽やかに舞う。やがて音楽がやむと、彼は両手で私の腰を抱き、引き寄せた。

「ところで、ピア。とうとうエドワード殿下を立太子させたよ。これで今回の賭けも私の勝ちでいいね」

「もちろんです！　ご存じのとおり、私の自主目標的な賭けは、スタートラインについたばかりですもの。本当にお疲れ様でした。これでようやくゆっくりできますね！」

超多忙な毎日から、ちょっと多忙な毎日くらいには落ち着くに違いない。

「ああ、ピアと一緒の時間をようやく増やせるよ。これからはピアの賭けの達成を手伝うからね。それで、なんでも私の願いを一つ、聞いてくれるんだよね？」

やはり、私の不用意な発言、覚えていたか……。

「えっとー、できるだけご要望にお応えしようと思っております。もう注文は決めているのですか？」

「うん。ピアからキスしてほしい」

ルーファス様が両目をキラキラと輝かせて、言い放った！

「なっ！」

「いっつも私しか愛を伝えていないだろう。私だってピアの愛を感じたい」

一気に酔いが醒めた。モブの私から、この美形にキス？　不敬罪では？

ルーファス様が私をますます引き寄せ、楽しそうに目を合わせる。

「えっと……王宮ではちょっと……」

「アメリア嬢が、誰も邪魔しないって言っただろ？　ほら、早く！」

……ルーファス様はこういう時に決して引かない人だ。私は早々に観念し、目をつむって背伸びして、ルーファス様の右頬にえいやっ！　と口づけた。

「ぷっ！　なんでピアが目を閉じるんだ？」

「こ、これで勘弁してくださいませっ」

私は恥ずかしすぎて、思わず涙ぐむ。

「ちゃんと覚えて？　次に活かして」

ルーファス様は一瞬でメガネを取り上げ自分のポケットに入れて、左手で私の後頭部をがしっと固定し、右手で私の頬を包み込んで、しっかりがっつり隙間なく口づけてきた。

「……わかった？　じゃあ次ピアの番ね？」

「さ、先ほど……私の番は終わりました……よね？」

「一度でおしまいなんて、約束してないよ。私はこの数カ月分、ピアに飢えているからね」

そのまま王宮を退出した私たち。家に着く頃には、美人王女様のことは頭から消えていた。

第七章 〈マジックパウダー〉を探せ！

夏季休暇も終わる頃、ようやく父が自分の資料から、硫砒鉄鉱もどき……仮称〈毒鉱物A〉がありそうなところを見当つけて、地図に印をつけてくれた。

しかし、わかりきっていたことだが、全て付き合いのない他の領だ。

「ヘンリー様のコックス領なんて、都合のいいことは起こらなかった……」

「まあ想定内だ。しかしうちの配下の持ち領でもないな」

ようやく王太子教育の手が離れたルーファス様は、今日も我が家に来てくれて、積極的にこの件の解決のために力を貸してくれる。

「ピア、この地図の番号は優先順位でいいのか？」

「はい。父が実際に自分の目で見て、怪しいと睨んだ場所と、学長先生たちから晩餐会後にもいただいた詳しい情報をもとに、順位付けしてみました」

「……わかった。この地図、数日借りるよ。立ち入りの許可を貰ってくる」

二日後、黒塗りの重厚な箱を携えて、ルーファス様がやってきた。

「勅書……ですか？」

「ああ。陛下の名で『この者の調査は王命である。速やかに受け入れるべし』っていうようなことがだらだらと書いてある。とりあえず優先順位五番まで使用していいそうだ」

……どっかのご老公の印籠じゃないの。

「不確定な調査に、よくも陛下はこのような恐れ多い代物を……」

「いざという時はいろんな切り札で脅そうと思っていたけれど、その出番はなかった。まあ採取場所を指定したのは、陛下の信頼厚いロックウェル伯爵。実働は目を特別かけているロックウェル博士。信頼しているのさ」

「ありがたいことです」

「それに……陛下も立場的に顔には出されないが……苛立っているんだよ」

息子をあんな目に合わせた犯人と、未然に防げなかったご自分に、だろうか？

「ルーファス様、お骨折りありがとうございました。では夏季休暇中に片を付けられるように、早速準備ができ次第、一番目の候補地へ出発致します」

一つ目は国の南西部のキュリー子爵領だ。とりあえずカイルのお菓子を手土産に持っていこう。最初の心証は大事だ。

「ピア、何を言ってるの？　もちろん私も行くけど？　というか全て手配済みだ。明日早朝迎えに来るから」

「え？　だ、だってルーファス様、お仕事が」

王太子育成ミッションは終わっても、宰相補佐業務は通常営業中のはずだ。

「ピアは私が婚約者を一人心細く見知らぬ土地に行かせる男だと思っているのかな？　それも陛下の命で動くのに」

「サ、サラもおります！」

私は思わず後ろを振り向き、サラと共にうんうんと頷く。

「ピアとサラ、二人を一度に肩に担いで誘拐できる男などごまんといる。それに初対面の領主との会合を人見知りのピアができるの？　宿や、交通諸々の手配、ロックウェルにはなんの伝手もないだろう？」

「誘拐、そうか……いつだったかエリンにも注意されました。私の測量狙いで近づいてくる人間がいると」

「測量狙いじゃない。ピア狙いだ」

一緒だろうに。しかしスマホ一つで新幹線とホテルが予約できる世界ではないのだ。キュリー子爵領に宿があるかどうかすら不明。気持ちよく迎えてくれるかも不明。己の非力を痛感する。

「私が無謀でした。ルーファス様、連れて行ってください」

私は素直に頭を下げた。ルーファス様はそんな私の頰をつついて笑った。

「よろしい」

私は発掘道具と自分の着替えだけを準備して、サラと二人で侯爵家の馬車に乗った。

結論から言うと、キュリー子爵は継承したばかりの若いお兄さんで、王命にすっかり恐縮して、とても協力的だった。しかし、目的のブツは出なかった。

時間のない私たちは、そのまま二番目の候補地、マクラウド男爵領に向けて国を東に横断する。馬車で四日はかかる距離だが、王都～スタン領とほぼ同じ遠さなので我慢できる。

「マクラウド男爵ってどんな方なのですか？」

「あれ？　わかってないのか？　まあ、それはそれで面白いか」

話の途中で、馬車がガクッと揺れた。この道中何度目だろう？　田舎は道が悪いのだろうけれど。ルーファス様は外を一睨みしたあと目を細め、小声で何か呟く。

「……馬の鞍にユニコーンの紋章。消し忘れか？　お粗末な奇襲だ。それにしても他領でまで襲ってくるとは……焦っているのか？」

「ユニコーン？　ルーファス様いかがしましたか？」

ルーファス様は私の問いににっこり笑って、なぜか馬車のカーテンを全て閉めた。

「うん、このペースだと夕方には到着する。でも明後日から天気が悪いようだから、明日のうちに作業の目途をたてねばならない。ピア、暗くしたから少し寝ておいて？　サラも休んでいいよ。女性には強行軍であることはわかっている」

ここで疲れを取っていないと、かえって迷惑をかけるので、私とサラはおとなしく馬車の壁に寄りかかって目を閉じた。

起きた時、ルーファス様に全身を守るように抱きかかえられていたのは謎だ。

予定より一日早く、三日で到着した先は、背の高いヒイラギの生垣で囲まれた、他では見たことのないひし形のアートのような建物だった。

「ルーファス様、ここは？」

「マクラウド男爵の本邸だよ。この近隣に宿はなくてね、ご厚意で泊めていただけることになっている」

スタン家の派閥でなく、付き合いの全くないお屋敷に泊めてもらうなんて、なかなかありえないことだ。ルーファス様は多額のお金でも提示したのだろうか？　だとすれば申し訳ないけれど、私も私欲で発掘するわけではないし……男爵とルーファス様の妥協点があったことを喜ぶしかないか。

ルーファス様に手を取られて馬車を降りると、その前衛的な母屋の玄関がバタンと開き、見たことのあるビア樽体型のお爺ちゃんが両手を広げながら悠々とやってきた。

「ピアちゃーん！　いらっしゃーい！」

「あれ？　……グリー教授？」

数週間前、立太子の儀式で初めて出会って、私を撫で繰り回してくれた教授が愉快そうに笑って出迎えてくれた。

建築学の権威であるグリー教授の邸宅はど真ん中が庭園で、どの部屋からも大きな窓からその独特の庭が見える作りになっていた。斬新だ。

「わしは長年の功績の褒美として一代爵位とこの領地を賜った。静かで、好きな建物をいくらでも作ることができる土地がある。足腰のこわばりや痛みを和らげる温泉もある。ほぼ希望どおりだ。本来は人付き合いも騒がしいのも嫌いな隠居生活だが、ピアちゃんのためならば喜んで場所を提供しよう」

談話室でお茶をいただきながらお話を聞く。思った以上に私に好意を持っていただけているようだ。

「教授、本当にありがとうございます。ルーファス様は全てご存じだったのですか？」

「むしろマクラウド男爵がグリー教授だと知らないピアに驚いたよ。教授、このたびはご協力いただき感謝致します。これは、うちの領の特産の蒸留酒です」

「スタン産の四十年物だと？　ふぉっ！　皆、我が家のようにくつろぐといい！」

　さすがルーファス様、抜かりなし！

「まあ冗談は抜きにして、今回の調査の件、学長にも問い合わせた。重大な責任をピアが負っていることはわかっておる。うちにも顕微鏡やら秤、メジャーならばある。なんでも遠慮なく使いなさい。空き部屋を作業室として提供しよう」

　ああ……なんとありがたいことだ。普段ひとりぼっちで研究しているつもりだったけれど、実は知らないところで偉大な先輩たちが見守ってくれていたのだ。

「教授、ありがとうございます！」

「うむ。お礼はほっぺにチューでいいぞ？」

　私がいそいそと教授のほっぺに首を伸ばすと、

「ダメです！　ピアもなんでやろうとするかな？　私にはためらうくせに！」

　翌日、父のメモを頼りに、ルーファス様たちと領民の畑を越え教授自慢の温泉を越え、目的の谷間を目指した。

「サラ、何もかも終わったら、教授にお願いして温泉に入らせてもらおうか？　露天風呂、紅葉が始まって綺麗らしいよ」

　現世で温泉はまだ体験したことがない。

「まあ素敵！　温泉はお肌にいいと聞いたことがありますわ。お嬢様も私もここのところ正直疲労が溜まっていますもの」

「「ダメだ！」」

なぜかルーファス様とマイクの声が重なる。

「ええ？　疲れが取れるのに……」

「警備の問題でしょうか？　それにしても……ケチだこと」

サラも不機嫌そうな顔をした。

父も入った森に分け入ると、だんだんと温泉臭がきつくなる。やがて草葉が白く枯れ落ち、その先に赤茶けた山肌が見えた。私は同行者全てに注意事項を言い渡す。

「皆様、出発時に説明したように、鼻と口に布を巻いてください。あと軍手をつけずにこの一帯のものに触れてはなりません。具合が悪くなったらすぐに退避してください」

皆が神妙な面持ちで頷いたのを確認して、私は自分の工具セットからいつものタガネとトンカチを取り出しそれぞれ握る。

山肌には何カ所も、農民によってツルハシかクワのようなもので掘られたとみられる形跡があった。一から私が探す手間が省ける。

じっくりと検分のうえ、怪しいと思える場所からある程度の塊を採掘し、どの場所のものかわかるようにそれぞれ番号を振り、別々の袋に入れる。今新しくできた断面は銀。トンカチを叩くごとに刺激臭が立つ。

一番人の手の跡の残る場所は、ちょっとした洞窟になるほど掘り進められていた。中は刺激臭が外に出られず立ち込めていて、目まで少し染みる。メガネを密着するようにかけなおし、鼻と口も厚手のスカーフでもう一度しっかりと覆い、這うように中に入る。

「灯りをください」

ルーファス様も膝をつき、カンテラを差し入れつつ中を覗き込む。

正面の壁が対象だ。長居は禁物。私はたがねにリズムよく、化石の時よりも大胆にトンカチを打ちつける。ボロッと固まりが地面に落ちて、慌てて足元を探す。

「落っことしちゃった……あ！　あったあった……え？……」

「ピア？　どうした？」

そこには、銀白色であったものが風化し光沢をなくした……先人の掘り起こしたかけらが数個落ちていた。そしてその周りには……白い粉……。

私が前世、何かの資料集で見た、硫砒鉄鉱に天然のヒ素が付着している写真と酷似していた。

「ルーファス様、見つけたかもしれません」

私は粉が飛ばないよう、吸い込まないよう、息を止めて、そのかけらを袋に入れた。

教授の家に戻ると、なぜかアカデミーのラグナ学長も待っていた。

「その緊張した表情を見るに……見つけたようじゃな」

「学長！　どうしてこちらに？」

「空振りでもいいからと思って、わしも手伝いに来た。化学分野はピアよりもわしのほうが詳しいからのう」

　詳しいどころか、この世界の自然科学分野のリビングレジェンドです！

「わしも準備しておいた」

　なんと教授が提供してくれた作業部屋には、ネズミが数匹入れられた檻が置かれていた。思いがけなく手に入った天然ヒ素もどき……仮称〈毒X〉を早速検証することができる。

「学長、この石から焙焼で白い粉を取り出してくださいますか？」

　学長が袋から〈毒鉱物A〉を取り出し、まじまじと眺める。

「ふむ……教授のところに陶器の焼き窯はあるか？　そこを細工させてもらおう。そうじゃな、木炭も欲しい」

「おんぼろの窯なら庭の片隅にある。前の領主の遺物だ。木炭は炭小屋から勝手に持っていけ」

　二人の話を聞きながら、実験の役に立ちそうなものをいそいそと机に揃えていると、ルーファス様が私の手首を掴んで止めた。

「頼む！　ここまではピアに頼らざるをえなかった。しかし、これ以上君が危険なものに触れるなんて、私の心臓が耐えられない」

急にそんなことを言われても、戸惑ってしまう。

「でも、私が持ち出したものです。責任が……」

ふと、ルーファス様の後ろを見ると、お爺ちゃん二人も頷いていた。

引き時だ。実際ここからは、私が役に立てることはない。私は本来は化石の専門家なのだから。私は気持ちを切り替える。

「わかりました……では、念願の温泉に行ってきます！」

「それはダメ」

翌日は予想どおり雨だった。ゆえに温泉には行けず、今日までの採掘結果をレポートにしたり、教授の貴重な蔵書を読ませていただいたりして、ゆっくり過ごした。

夕方、ルーファス様に作業部屋に呼ばれてお邪魔すると、お爺ちゃん二人が何か熱心に話し合っている傍らで、ネズミがキイキイと柵に激突しながらぐるぐる回っていた。

キャロラインのクッキーで実験した時と……同じパターンだ。

「今回は直に〈毒X〉を与えたからか、反応が早かったよ」

ルーファス様自ら、〈毒鉱物A〉から〈毒X〉を、筆やノミなどでこそぎ落として、ネズミに与えたらしい。

でもヒ素であれば、現物をその量食べさせたらおそらく死ぬ。やはり前世のヒ素と〈毒X〉は、似ているけれど違う毒物ということだ。

「あとは学長が精製して作った粉を再びネズミ実験して、天然物の〈毒X〉と同じかどうかチェックしよう。流通する毒が希少な天然物頼りなんてありえない。そしてそれがキャロラインの見たものと同じ形状か？　クッキーに混ぜ込んでもごまかせるか？　だな」

ルーファス様の言葉に頷いていると、学長はうつらうつらと舟をこぎ、教授はぐるぐると肩を回している。お年寄りには随分疲れる作業だっただろう。

「学長、教授、お疲れ様です。本当にありがとうございます」

そう声をかけると、二人は体を伸ばして照れ臭そうに笑った。

「……まあ、今回ばかりは問題が大きすぎる。お前たちだけに頼るなど、大人としてあまりに不甲斐ない」

「うむ。いくら好きで世捨て人のような生活をしとるといっても、耳にした以上到底見過ごすことはできん」

頼りになる方がそばにいて、私は本当に運がいい。

ルーファス様が口を挟んだ。

「教授、あの場所は立ち入り禁止にしていただきたく……」

「わかっておる。至急、柵を用意しよう」

明日は晴天との予想を受けて、早朝から王都に向けて出発することになった。ということでグリー教授が今夜はお別れパーティーだと言って、たくさんのご馳走で私たちをもてなしてくれた。

荷物もまとめ終わり、サラもおやすみなさいと言って下がった。

けれど眠れない。諦めてベッドを下りて、薄手のガウンを羽織って窓からバルコニーに出る。採掘した山の上に月が輝いている。

〈毒X〉を発見し、検証の結果有害であることを立証したことに後悔はないし、なんとかこの段階にこぎつけたことをホッとしている。〈毒X〉の化学式を学長が解明してくれれば、きっと今も中毒症状に苦しむ四人に、有効な手当てができるだろう。でも……。

「ピア?」

バルコニーの向こうから部屋着姿のルーファス様が歩いてきた。彼の部屋とバルコニーで繋がっていたようだ。

「どうした? 眠れないのか?」

「えっと……」

「何を悩んでいる? 教えて? ピア」

ルーファス様が私の手を取り指先にキスをして、上から私の顔を真剣に覗き込む。こうされると、もう言い逃れはできない。

「……私は結果的にこれまで存在しなかった新たな毒の概念を、世間に認知させることになってしまいました。これからあの毒を人々が新たな武器として、安易に使うようになったら……私はどうすれば……」

私は人殺しのハードルを、低くしてしまったのではないだろうか？　犯罪者の片棒を担いだことになりはしない？　だとすれば、私は……。

「ピア、あの毒は、秘密裏に既に発見され流通していたんだ。正体のわからぬままじわじわ蔓延するよりも、正体を皆が把握し対策を講じるほうが、よほど被害が少なくて済む。心配しないで」

「おっしゃる……とおりですね」

頭では理解できる。でも、ここにきて毒が恐ろしくてたまらない。

「いつまでたっても子どもの頃のまま臆病で……ごめんなさい」

ルーファス様の胸に、額をつける。彼はそんな私の背中に優しく手を回す。

「強者と過信するよりもよほどいい。臆病だと自覚があるのなら、こうして私に守らせてくれるね？」

「出会ってからずっと、私は面倒ばっかりかけてますね」

成長しない自分に落ち込んでいると、頭上で穏やかな笑い声がした。

「全然。喜びでしかない。ピアは好きなだけ研究するといい。ここのところずっと大好きな化石を探せていないね？　必ずのんびり採取できる時間を作ってあげるから、待ってて」

世界広しといえど、化石を掘ることに生涯をかける女の手伝いを買って出てくれるのは、ルーファス様をおいて他にいないだろう。ありのままの私を、受け入れてくれる人。

「ありがとう、ルーファス様」

「でもね。このように空に星が瞬く時間に、ピアが帰る場所は私の腕の中一択だ」

私もルーファス様の背に手を回し、顔を上げた。

「ルーファス様も、必ず私のところに帰って来てくださいね？」

すっかり弱気ＭＡＸな私は、思わずルーファス様にお願いしてしまった。

「もちろん。ピア……どうして君はいつまでたっても……愛らしいままなんだろうな」

今夜のルーファス様のキスは、ほのかにお酒の味がした。

幕間　スタン侯爵家の夜

深夜、三週間ほど空けていた王都に戻り、ピアをロックウェル邸に送り届け帰宅した。汗と埃を落とし一息ついていたところで、父から呼び出しがかかる。髪も濡れたまま、部屋着姿で父の書斎に入る。

「父上、本日はお早いお帰りですね」

「まあな。もう寝るところだったのだろう？　すまん。だが私も気持ちが急いてね。ああ、マイクもご苦労だった。かけたまえ」

父の命令に、マイクもおとなしく、私の後ろの簡易椅子を引き出して座った。

「手紙で大体のところは把握しているが、細部を補足してほしい」

「道中で散々奇襲をかけられ、私もマイクも疲れているのですがね……」

そう言いつつも、私はピアが想定していた〈毒鉱物A〉をマクラウド領で発掘することができたこと。少量ではあるが運よく天然物の〈毒X〉が付着していて、教授のおかげで第一段階の実験は済み、ほぼ〈毒X〉と〈マジックパウダー〉が同じものである確証を得られたこと。

そして発掘した〈毒鉱物Ａ〉の精製に専門家であるアカデミーの学長が手を貸してくれて、今回採取した石で、クッキーに混ぜ込むほどの量が採れるのか？　実際クッキーに混ぜ込んでみて違和感があるか？　そのクッキーを食べた時のネズミの様子などを速やかに実験、調査する予定であることを伝える。

「とはいえ、実験の結果を待つまでもないと個人的には思っております。ピアがコレだとほぼ断定しましたから」

ピアは「恐ろしいものを見つけてしまった」とがたがた震えていた。ピアの苦しげな顔を思い出して、胸が痛む。

「そうか。それにしてもマクラウド男爵が協力的なのは意外だったな。マクラウドは敵……とまでは言わんが、我らに無関心だったからな」

身内ではない権力者に、自分の領地をすすんで晒す領主などいない。

「実際、第一候補だったキュリー子爵は不快感あらわに断ったので、ルーファス様の力技で、嫡男に代替わりさせたのでしょう？」

マイクが右眉を器用に上げる。

「マイク、事態は急を要したのだ。新しいキュリー子爵にそれなりの便宜を払うさ」

「前キュリー子爵は頭の固い男だったからな。常にないことを頼んでいるのだから、何か重大な問題が隠れていると気づいてもよさそうなものを。それにしてもルーファス、お前が表立って憎まれ役を買う必要はないのだぞ？　こういう時こそ王家に振ればいい」

父はそう言いながら、琥珀色のグラスを傾ける。

「その手間すら面倒だったのですよ。それにちょっと陛下には最近、納得できないことが多くて」

「パスマの王女か……お前の忍耐力を試しているようだったな」

「笑い事ではありません。ピアがかなり動揺していました」

ピアは相変わらず自己評価が低く、あのかしましく自分のことばかり話す女より劣っていると思っている。無心に化石の採掘をするピアの傍らで、気まぐれに読書したりレジェン川の煌めきを眺めるのが一番の幸せだと私は思っているのに。

「旦那様、マクラウド男爵はピア様をお孫様のように可愛がっておられましたよ？　あの、男爵の最高傑作と言われる要塞に赤の他人である我々が入れるとは思いもよりませんでした。秘密通路が張り巡らされているのも驚きましたが、侵入者は砂地獄となっているガラス張りの中庭に誘導されるしかけになっていて、ある意味非常に安全でした」

マイクが心底面白そうに話す。

ピア自身は建築は全くの門外漢だと言っていたが、年寄りの武勇伝を前のめりで聞いてくれる令嬢なんてなかなかいない。好意を持たれるに決まっている。

そして「私が将来、化石のみゅーじあむを作る時は、絶対教授にお願いします！　だってこのお屋敷、基礎がすごく頑丈！　随分深くまで杭を打ち込んでますよね！　地震が来ても安心。教授のところの大工さんも素晴らしいです」なんて、上物のデザインではない、常人が考えも及ばないところに感激するものだから……教授は完璧に堕ちた。

「ピアがせっかく繋いでくれた縁故。マクラウド男爵にもラグナ学長にも義理を欠かさぬようにせねばな」

　ピアの話を聞く父は私には見せたことのない、柔らかな表情をする。

「マクラウド領のその現場には大量採掘の痕跡はありませんでした。そもそも量産するとなると、周囲に隠してできるものではないとの学長の弁です。我々だって国中に網を張っているのに感づかないわけがない。ゆえにクッキーに使用された毒は国内で採掘、精製したものではないでしょう。ピアによれば、毒鉱石はありふれていて、世界中で採掘できるはずだと」

　もし国内でこっそり毒工場が稼動していたとなれば、うちの影集団は一度解体しなければならない。

「マクラウド領のそこはロックウェル伯爵の助言で訪ねた場所であったが、ピアの想定する特徴と何が重なるのだ？」

「火山、温泉、銅山ですね。この条件に当てはまる国外ということで、いささか乱暴ですが今回の毒鉱物をメリーク帝国産であると仮定します。メリーク帝国には火山があり、あちこちに温泉が湧いています」

メリーク帝国は我がスタン領とルスナン山脈を挟んだ隣国だ。国境地帯ではたびたび小競り合いが起こり、常に緊張している。昔、兵の配置換えをした際にピアを軍師とみなし誘拐しに来たこともある。万死に値する。

「私もピア様から鉱物毒の話を聞いて、あらゆる伝手を使い聞き込みをしました。するとメリーク帝国には王家にしか調合できない毒がある、という噂や、とある金鉱が産出量のわりに警備が厳重だ、という噂を耳に致しました。残念ながら、毒や暗殺術に関しては、我々は他国に大きく後れを取っているのかもしれません」

マイクが淡々と報告する。

「鉱物毒も我が国以外では、水面下で出回っておると考えてよいと。頭が痛いな」

眉間を指で摘んで揉み解す父に、構わず考えていることを話す。私も疲れているのだ。

「メリーク帝国は近年天然資源の枯渇に悩み、相次ぐ寒波で国民は飢えている。我が国の資源と港を欲し、あらゆる隙を虎視眈々と狙っております。我がアージュベール王国が混乱に落ちるのを他のどの国よりも期待しているのがメリーク帝国であることは衆目の一致するところ。メリーク帝国には、証拠はありませんが動機があるのです」

「メリークはどうやらこの秋の実りも不作のようだな。十分な蓄えがあるとも思えんし」

父が腕を組んで、背もたれに寄りかかる。

「これまでも大小さまざまな工作をしかけてきています。そのうちの一つとして、我が国の次期権力中枢に入ると思われる若者を一度に潰し、その親である現在の重要人物たちを引責辞任させ、国力を下げるという目的の作戦をしかけてきたのではないでしょうか？」

「いわゆるハニートラップで、か？」

キャロラインは、その次期権力中枢に入ると思われる若者を貶める役割だったのだろう。

「ええ。しかしメリーク帝国にはそういった背景や動機はありますが、単純にメリーク帝国から毒を秘密裏に入手した、国内の者が犯人である可能性もあります。たとえばベアード伯爵家」

「ふふ……ベアードは輸入遊びを随分と楽しんでいるようだしね」

「それにキャロラインによると私のこと……つまりスタン家を一番に狙っていたようですから。一番うちを貶めたいと思っている政敵というと、ベアード伯爵家が有力でしょう」

「上手くいけば、先代より遠ざかっている国の中枢に返り咲ける。にっくきスタン家を引きずりおろせる。もし失敗しても、毒を隠蔽しラムゼー男爵家に全ての罪を被せるだけ。ベアード伯爵家においては、ほぼダメージはゼロ。鉱物毒はこの国にはなかった概念だから、毒の正体に辿り着く確率もほぼゼロだと思っていることだろう」

「道中の七件の襲撃のうち六件は、ベアードの目印をつけたお粗末な刺客でした。結局この事件の黒幕はベアードでしょうね。メリーク帝国がどれくらい関与しているかは……推察でしかないうえに国家間の問題なので、証拠を集めるのは難しいです。ただ、必要とされた毒を輸出しただけだったとしても、渡りに船と喜んだことでしょう」

「メリーク帝国は限りなく怪しいが……ひとまずはベアードの証拠固めか」

父の言葉に、用意していた資料を渡し、目を通してもらう。

「念のためにこの一年怪しい動きが見られた者と、うちを含め、対象となった王子と令息の家に激しい憎しみを抱いている者を洗い出しました。小悪党はそこそこいますが、実際に動きそうなのはベアードのみ。道中襲ってきた刺客は生かしておりますのでベアードがスタン家に対し敵意があるという証拠ができて、助かりました」

「さらにはルーファスが消え、うちが没落すれば……ピアが手に入るな」

父の言葉に……マリウスがピアを連れ去るイメージが頭をよぎる。あの剣術大会の時の、マリウスのピアに寄せた邪な視線を思い出し、怒りが増幅する。

「……させませんけどね」

もし私からピアを奪うような男が出てきたら、ためらいなく手を下す。

「……父上、私の報告はこんなところです」

父が私とマイクにもグラスを渡し、ウイスキーを注ぎながら聞く。

「そういえば、昨年私が盛られた毒も、その〈マジックパウダー〉だったのか？」

「いえ、症状が全く違うので、別物でしょう」

「やれやれ、どれだけ我々の知らん毒があるんだか……」

苦虫を噛み潰したような表情の父から視線を外し、目の前のウイスキーを一口飲んでふうと小さく息を吐き、ここ数日のことを思い出す。

相次ぐ刺客にうんざりしながらの旅だったが……久しぶりにピアとゆっくり話すことができた。非常に貴重な時間だった。

刺客の存在に気づかせぬように、胸に抱き込めば真っ赤になり、もじもじと文句を言っていたピア。自分の時間を削って、血眼になって〈毒鉱物A〉を探すピア。殿下たちの解毒のためと思っていたら、私が狙われるのを恐れてのことだった。

ピアは幼い頃と変わらず賢く純真で、心配性だ。私を案じて震えるピアはたまらなく愛おしい、と言ったら性格が悪いだろうか？

私への思いを、口先ではなくて行動で示す女など、世界中探してもピアしかいない。早く……一緒になりたい。そんなことを考えていると、父が体を乗り出した。

「今後はベアード家とラムゼー家に絞って証拠を探す。それとマイク、メリーク帝国はじめ、他国に潜らせている間者全てに、件の毒が流通しているか本気で探らせてくれ。少々危険なこともあるかもしれんが、相応の報酬を出す。他国で我々の知らない毒がどれほど流通しているのか、知らないままでいては……国の存亡に関わる。今回はベアード伯爵家の単独犯行だとしても、メリーク帝国がいつ毒でしかけてくるかわからないからな」

マイクが父の顔を見て頷いた。

「私はメリーク帝国からの輸入品とその行方が書いてある全国境の帳簿の閲覧を、陛下に申請しよう」

荷物が国境を越えてやってくる時は、違法なものがないか、その場で審査官がチェックし、書き留める。それはそれぞれの領の財産を表すものなので、よほどのことがない限り、秘密が守られる。そこに踏み込むのか。

「ベアード伯爵家が輸入で活路を見出そうとあがいているのは周知の事実ですけどね……父上はその異例な申請が通るとお思いですか？」

「国家を揺るがす問題だ。超法規的措置だよ」

父が口先だけで笑い、グラスをカランと傾けた。

「旦那様、自ら動かれるのですか？」

マイクが瞠目する。父は権力者であるからこそ、表立っては動かない。裏で散々人を使い、自分の思う流れになるよう、操ってはいるが。

「うちの宝に……手を出してしまったからねえ」

父にとっても、ピアは特別のようだ。

第八章　アメリアとのお茶会

ラグナ学長の精製した仮称〈毒Y〉はキラキラと光沢のある、無臭の白い粉末だった。やはり臭いは粉ではなくて鉱石のものだったようだ。それを用いていつも同様ラット検証をすると、天然物〈毒X〉と全く同じ行動を取った。よって天然物〈毒X〉と精製物〈毒Y〉は同一のものとし、今後どちらも〈毒X〉と統一する。

〈毒鉱物A〉からはその重量の十分の一の〈毒X〉が精製できた。つまり〈毒鉱物A〉さえあれば、いくらでも〈毒X〉を手に入れることができることも判明した。

そして、お義父様の配下の忍者？　の皆様が隣国メリーク帝国に潜入し、厳重な警備をかいくぐり、とある鉱山から私が教授の領で見つけた〈毒鉱物A〉と似た石を数個、こっそり持ち帰った。

「ほらピア、見るがよい」

学長がメリーク帝国産のそれも精製し、前回のものと並べて顕微鏡にセットする。

「同じだわ」

「同じだのお」

「私にも見せて。……なるほど。同一のものと思って間違いなさそうだ」

　私に続き、ルーファス様も確認した。

「まあ念のためにこれもネズミで実験しておこうの」

「学長、ご協力感謝します。あとは国で責任を持って決着をつけます」

　ルーファス様が宰相補佐として頭を下げる。学長はお忙しい立場なのに、時間も知識も技術も惜しみなく提供してくれた。

「何を言う、ルーファス。此度の事件は全てわしのアカデミーで起こったこと。わしも関係者で、こんな取り返しのつかん事態になっていると気がつかなかったわしの失態じゃ。皆、前途有望な学生だった……悔しゅうてならん」

　疲れた顔で肩を落とす学長があまりにお気の毒で、学長の手に私の手を重ねる。

「ルーファス様、では計画どおり、この〈毒X〉を少し分けていただいても？」

「ああ。手早く進めよう。今回は私も一緒に行くよ。一度挨拶をしておきたいから」

　翌日、きちんと先触れを出して、閉店後のパティスリー・フジにやってきた。

「ピア！　いらっしゃい！」

「カイル！　久しぶり！　ケーキ取っておいてくれた？」

「もっちろんよぅ。……うそ、クール宰相来た……やだ、本物やたら怖いんだけど？」

カイルが私の背中に乙女のように隠れる。

「ルーファス様、この方が国一番のパティシエで私の第二のお兄さん、カイルです。カイル、わかってると思いますが、ルーファス・スタン侯爵令息です。私の婚約者です」

「いつもピアがお世話になっています」

「宰相補佐様にお越しいただき光栄です。さあどうぞ奥におあがりください」

カイルはそう言って、ルーファス様に頭を深々と下げた。


いつもの二階のプライベートスペースで待っていると、カイルがニコニコと私たちにケーキとお茶をふるまった。

「カイル！　もしやこのフルーツは！」

「ええ、エリン様から仕入れたフルーツよ！　私のお菓子と相性ばっちりで最高！　ピアはこちらのオレンジ色の果肉のほうを食べてみて。婚約者様は柑橘類が好きだってピアがのろけていたからこちらをどうぞ？」

私は待ってましたとばかりフォークを摑む！

「いただきましょう！　……うわあ、美味しい！　これメロンね？　クリームとよく合うわ！　ルーファス様、いかがですか？」

「うん。美味しい」

ルーファス様もパクパクと食べている。気に入っていただけたようでよかった。

「ところでピア、大事なお話って？」

「うん、見てほしいものがあって」

私は手提げから革袋を取り出し、カイルに渡す。

カイルはその口紐を解いて中を覗き込み、サラサラと目の前の皿の上に開けた。

「これは……〈マジックパウダー〉⁉」

息を呑むカイルを窺いながら聞いてみる。

「どうかな？　似てる？」

「うん、画面越しにこんな風に光っていたわ。舐めてみてもいい？」

「ダメ！　でもこれを混ぜ込んだクッキーを作ってほしいの。あの〈魔法菓子〉を再現してほしい」

「わかった。ピアのためならば、なんでもするわ。任せて！」

カイルがすぐに引き受けてくれてホッとした。すると、その様子を見ていたルーファス様が少し考え込んで……口を挟んだ。

「カイルと言ったな。君から〈マジックパウダー〉の情報を得たとは聞いているが、少し踏み込みすぎだ。なぜ今回の事件の詳細を知っている？　ピア、まさか部外者に話したのか？　それと、ピアと呼び捨てにされるのも不快だな。私の婚約者と距離が近すぎる」

　私は慌てて間に入った。

「ル、ルーファス様！　誤解です！　カイルはあのっ！」

「ピア……様、私がきちんとご説明するから。宰相補佐様。単刀直入に言いますと、僕も予言者です。ピア様、キャロラインに続く三番目の」

「予言者……つまり……」

　ルーファス様が瞠目した。

「僕はピア様と同じ予言を受けて生まれました。そして僕のほうが、より鮮明に覚えている。きっとピア様のように直接予言内容に関わっていなかったからでしょう。そういうことで、ピア様と私は互いの予言の内容をすり合わせ、確認し、次に現実と予言の食い違いを検証しています。〈マジックパウダー〉も予言の中で登場したものです」

「そうなの？　ピア」

「……はい。カイルの予言は私よりもずっと……鮮明なのです」

　予言者？　であることをあっさりとルーファス様に明かしたカイルに驚きつつ頷く。

「予言を抱えて生きるのは……なかなかにしんどいのです。ピア様とその気持ちを分かち合えたものだから、ついつい立場もわきまえず、親しげにふるまってしまいました。婚約者であるあなた様を不快にさせて、申し訳ありません」

　カイルが椅子を下りて、床に手をつけた。どうしよう！　私がきちんと事前に双方に説明していなかったから！

「カイル座って！　そんなことくらいでルーファス様は怒ったりなさらないわ！　ルーファス様は私が泥まみれで化石を掘っても、そのままの格好で胸に飛び込んでも許してくれる懐の深さをお持ちなのです！」

「それはすごいね！」

　カイルはふんわりと微笑んだ。

「キャロラインもマジキャ……予言どおりでとっても可愛らしかったのよ？　それなのにルーファス様は眉一つ動かされなかった！」

「さすがだね！」

「ルーファス様は、お小さい頃から誰よりも努力され、領地の民に尽くしていらっしゃるの。でもそれを悟られると皆が気を遣うって思って、あえて誇示しない……」

「ピア！　もうその辺でやめてくれ、いたたまれない」

　ルーファス様が突然私たちの会話を遮った。

「ふふふ、ピア様はルーファス様のことが大好きなのね？」

「まだ三回しか会ってないのに、な、なんでバレてるのっ！」

　私の顔に、体中の血が集まってくるのがわかる。恥ずかしい！

「わかった！　わかったから勘弁してくれ！　君にやましい気がないことは理解した。早く座って！　これからもピアを呼び捨てにし、仲良くすることを止めたりしない。それに処世のために女言葉を使うと聞いている。私に対しては楽なほうで構わない」

「あ、私もどちらでも構わないわ！」

カイルが優雅に椅子に戻る。とりあえず、二人が仲良くなったようでホッとした。

「では厨房に案内しましょう。こちらです」

私とルーファス様は厨房に椅子を持ち込んで、カイルが手慣れた様子で小麦粉をふるうのを見ていた。ベータ版のミニゲームをきっちり思い出してくれたようだ。

「私の勘だと、この〈毒X〉の分量は小麦粉の分量一割ってところだと思うのよ。それ以上だと風味が変わって、ねちょっとした舌ざわりになると思うのよね。膨らみ方も足りなくなるでしょうね」

「とりあえず、〈毒X〉の分量を段階的に変えて数種類作ってもらっていい？　あ、絶対素手で触らないでね。あと、念のために鼻と口も覆って！」

「了解！」

小一時間ほどで、プロはクッキーを大量に焼き上げた。

「それぞれ混ぜ込んだ分量が三割、二割、一割、五分よ。一応無害のクッキーも比べるために作ったわ。二割でも見た目は美味しそうにできたわね。でも味はまずいと思うわ。バターの香りが飛んじゃってるし」

三割〈毒A〉を入れたクッキーは、見た目がしなっとなって、美味しそうではなかった。毒の効果を発揮するためには、毒の含有量が多いほうがいいに決まっているけれど、ヘンリー様は美味しかったと言っていたから、カイルの言うように、この一割の毒のクッキーが正解なのだろう。とにかく私たちは五種類のクッキーを手に入れた。

「カイル！　ありがとう！　試食できないのが残念だわ！」

「素晴らしい手際だった。さすが王都一だな。ご協力感謝する」

「ふふふ、どういたしまして。ピア、私ちょっと疲れちゃったわ。お茶の準備をしてくれる？　私はルーファス様にお土産を選んでいただくわ」

「わかったわ！　カイルとルーファス様にとびっきり美味しいお茶を淹れてあげる」

ピアは二階にテーブルセッティングのために駆け上がっていった。

「ルーファス様、実は僕は、ピアの知らない予言も知っています」

「それは……私を揺さぶるものかな？」

「いえ、もう回避し終わった絵空事ですよ。……予言のあなたはキャロラインの手を取り、大勢の前でピアとの婚約を破棄し、国外追放を言い渡します」

「……聞いている」

「ここからがピアの知らない予言です。ピアはキャロラインと仲睦まじく寄り添うあなたを前に、大粒の涙をハラハラと流し、『ルーファス様、幼い頃よりずっと、お慕いしておりました。お幸せに』と言いながら無理やり笑って、退場し、もう国に戻ることはない……というものでした」

　ルーファスの顔が一瞬歪む。

「……私の心にはこれまでもこれからもピア一人しかいない。ピアが私から離れることも、悲痛な涙を流させるつもりもない。誓おうか？　予言者殿？」

　カイルは黙って首を横に振る。

「安心しました。これは私見ですが、予言者は幸せな前……予言を持っていないのです。思い出すのは辛いことばかり……予言を忘れさせるほど、楽しいデートをいっぱいしてください。うちにもいつでもお立ち寄りくださいね。そしてできればスタン侯爵家の御用達にしてください！」

「……ちゃっかりしてるな」

「はい。改めてはっきりさせておきますが、僕のピアへの思いは愛でも恋でもありません。孫を見守る祖父だと思ってくだされば間違いないです」

「随分老成してるな。まあいい。御用達になりたければスタン侯爵家に誓約するといい。味はいいし値段も良心的だ。歓迎しよう。ただしピアを傷つけた時はただではすまん」

「もちろんです。ルーファス・スタン侯爵令息夫妻に、生涯の忠誠を捧げます」

「……わかった。今後は私が君の後ろ盾となろう。ピアのために」

二人で馬車に乗り、帰路につく。

「研究室の置き菓子まで買っていただきありがとうございます。これで遅れている論文が捗りそうだわ。ルーファス様、カイルと少し打ち解けていましたね。ホッとしました。平民である彼がここまで来るには、大変なこともあったようなので」

「ピアが席を外している間に、カイルの口からも予言を聞いた。ピアとこれまでの人生が全く重ならないカイルから、ほぼ同じ内容の話を聞きゾッとしたよ。貴重な同士だ、ピアは彼と話すことで予言者である孤独がまぎれるのだろう？」

「おっしゃるとおりです」

「でもね？　ピア」

おもむろに、ルーファス様は私に腕を回し、ぎゅっと抱きしめた。

「二人っきりで会ってはダメだ。いい？」

「わかってます！　いつも一緒に来ればいいでしょう？」

ルーファス様が私の口の端にキスをする。

「ならばいい。クリームがついていたよ」

「く、口でおっしゃったら自分で拭きます！」

「嫌だよ、もったいない。せっかくピアがこんなに甘いのに。さっきはピアに褒め殺されて、死ぬかと思った。ああ、ここにもついてる」

ルーファス様は、今度は反対の口の端を舐めた。

「な、なんでえ」

「ピアが可愛いのが悪い。……誰にも、渡さない。私のものだ」

「あ……」

ロックウェル邸に到着するまで、私はずっと彼の唇に翻弄され続けた。

窓の外のイチョウの木が色づきだした研究室に、私、ルーファス様、ヘンリー様、そして全ての実験を見届けたいという学長が集まった。入り口でマイクが見張っている。

机の上にはネズミの入ったゲージ。そして皿の上に、袋からザラザラっと先日カイルに作ってもらったクッキーを種類ごとに広げる。

「そっくりだ……」

ヘンリー様が複雑そうな顔で呟いた。見ても食べたい！　という衝動は起きない様子。

よかった。

私も改めて昨夏の衝撃のラット検証を思い出してみる。色も形もそのままだと思う。匂いはバターが香るだけ。カイルは専門分野だけに〈マジキャロ〉のスチルを鮮明に覚えているのだなと思った。

「昨年と同様に、クッキーを既に二週間与えた状態のネズミたちだ。右に行くほどに食べた頻度が多く、一番右は毎日与えた。ちなみにクッキーは〈毒X〉が一割混入のものだ」

前回同様にクッキーを与えられた頻度が多いネズミほど、ガチャガチャとゲージの中で落ち着きなく暴れている。

ヘンリー様が恐る恐る、クッキーを一番右のゲージに差し入れると、ネズミはシャーッ！ と牙をむいて威嚇して、両手で抱き込み夢中で食べだした。前回と、全く同じだ。

「マジかよ……こんなもん、俺たち食べてたのか……」

ヘンリー様は顔を蒼白にして、俯いた。ヘンリー様がそっくりだと証言し、ネズミの行動も一緒。〈虹色のクッキー〉はとうとう再現された！ 私とルーファス様と学長が頷き合ってそれを確認すれば、マイクがゲージを撤収し、研究室は静かになった。

……ようやく……成し遂げた……と、私が感慨にふけっていると、

「ふむ、確かに美味そうじゃの。一つよこせ」

あろうことか、学長はそれを摘み、口に入れようとした。

「が、学長！ 何を！」

慌ててヘンリー様が腕を掴み、止める！

「実験中ネズミが食べても死なんのじゃ。わしが食べても問題ない」

「中毒になるんですっ！　俺たちのように！」

　ヘンリー様が顔を歪めて叫んだ。

「……ちょっと無神経じゃったな。すまん、ヘンリー。とはいえわしはもう天然物も精製した〈毒X〉……もう〈マジックパウダー〉でよいな。それも既に舐めた」

「学長！　なんてことを！」

　私も悲鳴をあげる。

「科学者とは、身をもって体験せねば気が済まぬのが性分なのじゃ。とはいえまだ死にたくはない。ネズミの実験をもとに安全だと割り出した分量しか舐めとらん。誰かが実験台になるのなら、一番年寄りのわしが適任じゃろう？　なあルーファス？」

「……学長に味見していただかなくとも、他の方法を探しますよ」

「お？　ルーファスもこう見えて優しいのお。まあでも食べるほうが早い。右から三割、二割、一割、五分、ゼロじゃな。よし！」

「「「あっ！」」」

　学長はためらうことなく一番毒の濃い三割クッキーを口に入れ、ペッと吐き出した。

「なんじゃこりゃ！　まずい！　次！　これはまあ食えるが……、よし次は一割。ふむ、これは普通に旨いな。何か良からぬものが混ざっているとは思えん。五分は……これも同じ。これはゼロ……これがオリジナルとすれば、一割混入のものが味も変わらず、一番多く混入できる。やはりこれがベストのようじゃ。菓子職人の言ったとおりじゃな」

次々と飲み込んでしまった学長に私たちが言葉を失っていると、学長は胸元から小さな瓶を取り出し、中の液体をきゅっと飲み干した。

「それは？」

ルーファス様が片方の眉を器用に上げて尋ねる。

「わしのお手製の解毒剤じゃ。これも効くか実験する必要があるじゃろ？　これからはネズミにこのような解毒剤を与えてデータを集め、医療師団と共に最も有効な調合を見つける……という作業に移る」

「学長、俺も！　俺も実験台にしてください！　殿下やガイ先生、ジェレミーのために！」

ヘンリー様が学長に縋りつく。

「ヘンリーの気持ちはよくわかった。じゃが騎士団長に相談してみんとな」

学長が幼子にするように、ヘンリー様の頭を撫でた。ヘンリー様は学長がサラサラっとその場で書いた騎士団長への手紙を持って、一礼したのち走り去った。

「さてルーファス、今後の流れは？」

　学長がいつものほのぼのとした雰囲気を消して、両目を眇める。ごまかすことなど許さないと言うように。実際〈マジックパウダー〉を再現してくれた学長は、もはやどっぷり関係者だ。

「今更学長に隠し立てはしません。しかし、保安隊が動くまではここだけの話にしてください。〈マジックパウダー〉の製造元はあらゆる情報を複合的に考えて、隣国メリーク帝国だと考えています」

　先日メリーク産の〈毒鉱物A〉を取ってきたことから、薄々そうではないかと思っていた。

「やはり他国まで……関わっているのですね」

　ルーファス様は小さく頷いた。

「メリークか。あそこは閉鎖的だからの……今の皇帝になってから、学者仲間とも全く連絡が取れんようになってしまった」

　学長が窓のずっと向こうの空を見る。

「メリーク帝国から我が国への直接の荷物の搬入は見当たりませんでしたが、他国を挟んだ怪しげな荷物はこの二年の間に八回、入ってきています。いずれも行き先はベアード伯爵宛でした。またベアード伯爵の甥がメリークの高官と密会している事実を掴みました」

「なんじゃ、ベアード伯爵家なのか？　結局お前さんの家狙いか？　国中巻き込みおって」

「笑えない冗談はやめてください。一応裁判に引きずり出せる状態なのですが、あと一つ物証と、ラムゼー男爵家との繋がりの証言なり欲しいところです。そしてメリーク帝国が単に毒の輸入元なだけなのか、事件に積極的に関与しているかは不明です。もしメリークが主犯であれば……面倒ですね」

「ふむ。まあベアードも策略が失敗したのじゃ。逃げきるのに必死だろう。そう簡単に尻尾を掴ませてくれんじゃろうなあ」

学長の言葉にルーファス様は不機嫌そうに口をへの字に曲げる。しかし、急に表情を変えた。

「待てよ……状況証拠は揃っているんだ。確証の尻尾を掴ませてくれないのなら、いっそおびき出して相手に自ら差し出させるか……」

ルーファス様が冷たく瞳を光らせて、右の口の端だけ上げた。

「ルーファス……悪い顔をしておるぞ。もうちょっと隠さんか。まあ切れ者ゆえに働かされてご苦労なことじゃ。ひと段落したら、二人ともしっかり休むようにな」

学長の労いにルーファス様は苦笑して、お茶を一口飲んだ。

私は改めて、テーブルの上に残る〈虹色のクッキー〉を見つめた。不意に前世の〈マジキャロ〉の、私のシルエットだけの映像が脳裏によみがえる。

『毒見もしていないものを！』

そう言ってクッキーを払って床に捨てた、ゲームのピア。

思わず、涙が込み上げる。

あなたは間違ってなかった。あなたはただの嫉妬にまみれた意地悪女ではなかった。あなたは少なくとも一回は、ゲームのルーファス様を、毒入りクッキーと隠された悪意から守ったのだ。

「ピア！　どうした！　なぜ泣いている？」

いつの間にか、涙が頬を伝っていた。

「いえ大丈夫です……クッキーの謎が解明されて……皆様が元気になる道が開けて……よかったなって」

笑いながらも涙が止まらない私を、ルーファス様は抱き寄せ、背中を撫でて、慰めてくれた。学長は私の肩をポンポンと叩き、出ていった。

「……学長が言うように、休みが必要だね。ピア、旅行にでも行こうか？　どこがいい？」

「うっ……ううっ……ルーファス様と一緒なら……どこでもいいです……」

「……殺し文句ばっかり言うんだから……」

ルーファス様はだらだらと泣き続ける私に、日が落ちるまで付き合ってくれた。

あっという間に年が明けた。外にはうっすら雪が積もっている。

私はクッキーの毒成分の解明という自主努力目標を達成し、再び化石とにらめっこの生活に戻る……はずだったが、年末からお手紙やプレゼントへの返信に明け暮れている。

ルーファス様が、「キャロラインのクッキーこそがフィリップ殿下たちのおかしな言動とその後の不調の原因であり、そのクッキーにはこれまで未確認だった〈マジックパウダー〉という毒が入っていたことを突き止めた。そして今、その毒の分析をもとに解毒剤を作成中である」と、国に報告したのだ……私の名前で。聞いた瞬間、めまいがして倒れそうになった。

その報告は、まだ毒の混入者が捕まっていないので公にはされていないが、関係者にはすぐさま伝えられた。国王陛下、王太子殿下、ガイ先生のニコルソン侯爵家、ジェレミー様の父親であるローレン医療師団長、そしてコックス騎士団長とエリン。皆様からの身に余る賛辞とお礼の品々に溺れそうになっている。

でも、本当に、皆様の未来に希望の光が射してよかった。そして、一人毒被害に遭わず、やっかみの対象だったルーファス様が、その状況から抜け出せてホッとした。

そんなお礼状の中に、アメリア様からのお茶会のお誘いがあった。場所は王宮。なぜか目立たぬ服装で来るようにと書き添えてある。母とサラと途方にくれる。

「お母様……どうしよう……」

「どんな因果でうちの娘が未来の王妃様にお呼ばれされちゃうの……王宮に持っていける手土産などないわ。とりあえず、紺色のドレスで行きなさい」

「いや、奥様、グリーンでないと！　王宮ではルーファス様に会いかねません！」

「でも、ルーファス様にいただいたドレスで、目立たないものなんてないわ！」

全て、超一流品なのだ。シンプルなものであってもにじみ出る何かがある。ルーファス様を怒らせない目立たない服……ふと、目の前のサラの目立たぬ佇まいが目に入る。

「そうよ……目立たぬ服装じゃなくて、目立たぬ存在になればいいのよ！」

「「んん？」」

迎えの馬車が到着したのは、王宮の隅の使用人口だった。訝しげにサラと馬車を降りると、アメリア様がひっそりと待ち構えていてくださった。

「え……侍女二人？　まあピア様？　どうして侍女姿なの？」

「アメリア様の文に目立たぬようにと書いてありましたので……不正解ですか？」

「いえ……びっくりするほど馴染んでいるわ……素朴な人柄がぴったり……ちょっとルーファス様にばれた時が恐ろしいのだけど……でも、擬態はいいアイデアね。さあ、ここではうかつに話せないわ。私の侍女というふりで、後ろからついてきてちょうだい。あ、ピア様の侍女はうちの侍女がもてなします」

サラと別れて、地味なこげ茶色のドレス姿のアメリア様のあとを俯き気味に早歩きでついていく。やがて王宮のメインの中央殿に入り込み、緊張が増す。しかし、辿り着いた先は、どこかバックヤードじみた飾り気のない、木材むき出しの小部屋だった。

室内に準備してあった二脚の椅子に座ると、私たちは肘が触れるほどくっついた。アメリア様が私の耳に口を寄せ、声を潜めて話す。

「突然呼び出してごめんなさい。私も今朝、王太子殿下にお聞きしたの。今から例の毒事件の首謀者とみられる人間を、あぶりだすそうよ。あなたのルーファス様の発案で」

「あぶりだす？」

「そう。残念ながらラムゼー男爵とベアード伯爵家の繋がりの証拠を掴むことができなかったの。だから言葉は悪いけれどカマをかけるのです。ピア様は今回の事件に誰よりも尽力してくれた。あなたに知らせず、ただ事態が好転するのを屋敷で待つのみだった私が見届けるというのは、おかしな気がして……お誘いしたの。迷惑だったかしら？」

「いいえ！　とんでもない！　お心遣い感謝します」

「では、こっそりその壁の亀裂から覗きましょう。この部屋の使用許可は王太子殿下に得ているわ。じゃあこれでおしゃべりはおしまい」

……王宮の隠し部屋を知ってしまった。ショック死しそうだ。国一番の弱気ガールなのに勘弁してほしい。そんなことをうだうだ思っていると、ガヤガヤと人の気配が近づいてきた。私はアメリア様と共に気配を消す。

国王陛下を先頭に、陛下の付き人が二人、そのあとに続くあの二人が黒幕ってことのようだ。見たことのある背の高いくせ毛の金髪……マリウス・ベアード伯爵令息。ということは、前を歩く大柄のメガネをかけた白髪まじりの男性がベアード伯爵なのか？

「陛下にお茶にお招きいただくなど、なんたる名誉！」

「かけられよ、ベアード伯。最近、じっくり話すことがなかったからな」

今日の陛下はもちろん付け髭に、グレーのスーツという国王スタイルだ。

二人は天候の話に始まり、市井の様子や、この冬の余暇の旅行、貴族間の噂話など、穏やかに絶え間なく話し続ける。マリウスは相槌を打ったり、時折声をあげて笑ったり。

ふと、陛下が視線を付き人に移した瞬間、マリウスがにこやかな表情を消して、警戒するように部屋を一周見渡した。私の隠れる壁にも目をやり、一瞬目が合った気持ちに陥る。

いや、きっと気のせいだ。表からは上手くカムフラージュされているはず。しかし、私の心拍数は一気に跳ね上がった。

そこへノックがあり、王宮の使用人がお茶のセットの載ったワゴンを押して入室した。そのまま三人のテーブルに給仕して、下がっていく。

陛下がティーカップを手に取り、香りを楽しんだあと、一口飲む。

「そうそう、今日の茶菓子はラムゼー男爵家で押収した秘伝のレシピで作ったのだ。一緒に入っていた白い調味料が美味しさの秘密らしい。あの家の菓子はフィルが『美味しいから是非父上も食べてくれ』と言っていたからねえ。食べ物には罪がないと思って再現させたのだ。美食家で名高いベアード伯ならば、当然試食したいだろうと思って」

陛下の発言に驚いて、テーブルの上に目を凝らす。その中央には繊細な白磁の大皿に美しく盛りつけられた〈虹色のクッキー〉。

思わず隣のアメリア様を見る。アメリア様は真剣な顔で頷いた。

慌てて視線を戻すと、愉快そうに陛下は右手で一枚摘み上げ、そのまま優雅に口にした。一口、また一口とゆっくり味わうように食べたあと、パンパンと両手を軽く叩き指先についた粉を払った。生きた心地がしない。

「ふむ。素朴な美味しさだな。さあ、二人とも食べるがいい」

陛下は肘置きで頬杖をつき、二人を凍えるような視線で睨みつけた。

ああ……陛下は心中で静かに激怒してらっしゃるのだ。自分が毒を口にしてでも目の前の男を地獄に堕としてやる！　と思うほどに。

一歩間違えば国の重鎮を一気に失う——国力がガクンと落ちて、政に穴をあけ、他国に隙を作る事態になりかけた大問題だった。そして、愛する息子を失いかけ……いや、実際に失ったのだ。王太子であったフィリップ殿下を。

「陛下がそうおっしゃるのであれば、遠慮なく？」

マリウスは躊躇なく〈虹色のクッキー〉を一枚つまみ、「いただきます」と言ってパクっと食べた。ベアード伯爵は「あ……」と声を詰まらせ、顔面を蒼白にしている。

私の胸は再びぎゅっと引き絞られるように痛む。

「……失礼ですが陛下、このクッキーは至って普通ですよ。私の舌が鈍感なのかな？」

マリウスは上品にハンカチで指先をぬぐった。

陛下は無表情で、マリウスからベアード伯爵に視線を移す。ベアード伯爵は遠目にも落ち着かない様子でブルブルと震えている。

「どうしたベアード伯？」

陛下の動かない視線に、ベアード伯爵はようやく腹をくくったのか、テーブルの上に手を伸ばす。すると、

「ふむ、マリウスには旨さが伝わらなかったか。ではもうちょっとこの調味料を足してみようか？」

陛下はそう言って、上着の内ポケットから茶封筒を取り出して、〈虹色のクッキー〉の上からサラサラと白く光る〈マジックパウダー〉を大皿全てにたっぷりと振りかけた。あの量はさすがにまずい!!

「さあ、これでさらに旨くなったはずだ！　食べるがいい！」

陛下がうすら寒くなるような笑みを浮かべた。

「なぜアレが……む、無理だ！　私には！　私はまだ！　死ぬわけにはいかんのだー!!」

ベアード伯爵は声を裏返してそう叫ぶと、椅子を倒して立ち上がり、後ずさりながら陛下に向けて顔を歪め、唯一の出入り口の扉に向けて駆けだした。

婚約破棄騒動は、目撃者が多く、大勢の人間に知れ渡っている。

しかし、その後令息たちが体調を崩した原因がクッキーであったことも、そのクッキーがおそらく毒入りだったことも、口の堅い関係者だけが知る秘密中の秘密。さらにはラムゼー男爵家の白い調味料が危険極まりないものであると気づける人間は、その中でもごく一握りだ。関係者でないベアード伯爵はクッキーに怯えてはいけない人だった。

「ひっ捕らえよ！」

陛下の命令に部屋のどこからか数人の兵士が飛び出し、あっという間にベアード伯爵を捕縛し、マリウスも拘束した。そして二人は速やかに部屋の外に連れていかれた。マリウスは目を大きく見開き、何がなんだかわからない、という顔をして……いるように見えた。

二人が退出後、私たちの覗く向かいの壁から忽然と扉が現れて、王太子殿下、お義父様、ルーファス様、騎士団長、医療師団長が現れた。そして陛下と密やかに何か立ち話を始め、その間に〈虹色のクッキー〉は陛下の付き人が手袋を嵌めて慎重に回収した。

やがて陛下と皆様は大股で部屋を出ていった。かちゃかちゃと食器も片付けられ、無人の部屋は何事もなかったように静まり返る。

私はいつの間にか呼吸を止めていたようで、はあ……と大きく息を吐いた。

「やはりベアード伯爵だったのね……フィル……」

アメリア様は、かつての婚約者の愛称をポツリと漏らした。私は、アメリア様がどれだけフィリップ殿下を慕っていたのか知っている。〈マジキャロ〉でも、現世でも。そっとアメリア様の肩に手を回し寄り添うと、アメリア様も私の腕に手を添えてくれた。

「これで……ようやく終わりね。ピア様、本当に本当にありがとう」

「……はい」

私たちは、両手を握り合って、それぞれ物思いにふけった。

唐突に、隠し部屋のドアが開いた。ルーファス様とエドワード王太子殿下だった。

「アメリア嬢、ピアを巻き込まないでください」

ルーファス様がものすごく不機嫌そうに次期王太子妃に言う。

「お言葉ですけれど、私たちだって、区切りが欲しいのよ。なぜあんなにも辛い目に遭わなければいけなかったのか、理由があるのなら知りたいわ」

アメリア様は毅然とした態度で反論する。さすがだ。

「ルーファス、アメリア、口論はやめて。ロックウェル博士だね？　話すのは初めてかな？　はじめまして。このたびは兄の健康回復のために尽力してくれてありがとう。これからも私とアメリアを末永く助けてほしい」

初めてお話しするエドワード王太子殿下はとても実直な方のようで、ホッとした。

「立太子おめでとうございます。こちらこそどうぞよろしくお願いします」

私はスカートを摘んで挨拶しようとして……灰色の侍女服を着ていることを思い出した。

頭を下げたあと、ゆっくりとルーファス様を下から窺う。

「随分独創的な格好で王宮に来たものだねえ？　ピア？」

「ひえっ！」

思わず一歩下がりそうになった私の腕を、ガシッとルーファス様が捕まえる。

「では、王太子殿下、アメリア嬢、我々は下がらせていただきます」

「あ、うん」

「ぴ、ピア様、ごきげんよう？」

ルーファス様は私と手を繋いで、迷路のような廊下（隠し通路？）を通って、誰にも会うことなく王宮を脱出した。

スタン家の馬車に乗り込むと既にサラは待機していた。マイクの「似合いすぎる」という声を無視して、ルーファス様にどうしてやってきたかを説明させられているうちに、スタン邸に到着。出迎えてくれたいつもの執事や侍女が私の格好に一瞬動きを止めるが、

「「おかえりなさいませ」」

と、何事もなかったように挨拶してくれた。素晴らしい。

そして私はルーファス様の部屋のソファーに二人並んで落ち着いた。

「アメリア嬢も大胆なことをする。ピアが断れなかったことは納得した」

私はホッとして、侍女のお仕着せの白い帽子を解こうとした。ルーファス様も手を伸ばし手伝ってくれる。

「なんでこんなにこの格好に違和感がないんだ。まあピアがあの場にいたことはばれないほうがいいから、その点ではいいことだけど……」

サラがあちこち挿したピンがようやく全部取れて、頭のツッパリがなくなった。ルーファス様が念入りに私の黒髪に指を通し、ふわりと背中に流してくれた。

「ルーファス様もあの場にいらしたのですね？　アメリア様の話では、今回のあぶりだしの発案者はルーファス様とのこと。なんて危ない賭けを……」

ルーファス様にはできるだけ安全な場所にいてほしいと願うのは、宰相補佐の婚約者としては甘ったれたことだろうか？

「私は負ける賭けはしないだろう？　陛下は状況証拠だけで十分だとおっしゃって、ベアード伯爵を捕まえようとしたんだ。でも、確かな証がなければ、正当性がぐらつく。ベアード派の人数は案外多いから騒ぎ立てる可能性もある。だから嵌めた」

　ルーファス様は、淡々としている。

「でも、陛下が毒を口にするなんて……」

「今回もカイルに毒あり毒なし両方のクッキーを作らせた。陛下が口にしたのは毒なしだ。大皿ではあったが何度もリハーサルをしたから毒なしの位置を間違えることはない。陛下は学長が食べて死んでないのだから毒入りを食べてもいいとか、ふざけたことを言ったけれど、陛下の身は国のもの。一寸たりとも間違いがあってはならない」

「でも、ベアード伯爵がクッキーを食べたら捕まえられなかったでしょう？」

「あの粉まみれのクッキーを食べる根性があれば、その心意気を買って、名誉は残して事故死とする予定だった。結局食べることを恐れたために事件に関わった動かぬ証拠となり、投獄。今頃王都、領地両方のベアード伯爵邸に家宅捜索が入っているだろう」

　そこからおそらく〈マジックパウダー〉が見つかるだろう。輸入した事実は掴んでいるし、簡単に捨てられるものではない。それに人間は便利なものはまた使おうと思うものだ。

「マリウス様は毒入りのほうを食べたのですよね？　……具合は？」

「マリウスは今頃胃を洗浄されて、学長の解毒剤を飲んでいるはずだ。死にはしない」

「これでマリウス様は無関係だと証明されたことに？」

「それは違う。成人した貴族の嫡子が親のやっていることを共有していないなんて、通常はありえない。私は彼がクッキーを食べたのは、その前後の言動含め演技ではないかと疑っている。だとしたらあっぱれだ」

　お義父様とルーファス様は常に情報を共有し、タッグを組んで領地と領民を守っている。そのように嫡子であれば親の手掛けていることを知っていなければまずい。この世界は前世よりもうんと物騒で、どんなタイミングで爵位を継承することになるかわからないのだから。その時になって、何も知らない教育されていないでは、領民ごと、死ぬ。

「ピア、こうして人を裁く私が恐ろしいか？　こんな姿、見せたくなかったのだが」

　ルーファス様は少し寂しそうに笑った。

「いいえ！　私はルーファス様の婚約者です。ルーファス様が一生懸命考えた末に出した結論だとわかっているもの。何があっても私はルーファス様を支えます！」

　これまでずっと、ルーファス様は私を支えてきてくれた。私だけは常にルーファス様の味方でいるのだ。

「それに、ルーファス様を殺そうとした人など、私にとっても敵です。今捕まえなければまた襲ってくるのでしょう？　ルーファス様がやっつけないのなら、私がやっつけます！　ルーファス様を危険な目になんて絶対遭わせないんだから！」

私が意気込んで言いきると、ルーファス様はあっけに取られた様子で私を見つめていた。私はたちまち後悔した。

「あの……バカなことを言って、すみません。呆れたでしょう？　私に戦うすべなんて何もないし、ルーファス様を守ろうなんておこがましいですよね……」

「それは違う」

ルーファス様は穏やかな声でそう言って、両手でふんわりと私を包み込んだ。

「私の心を守れるのはピアだけだよ。ピアがいなくなったら私は間違いなく壊れてしまう。ピア、ずっとそばにいて私を守ってくれるかい？」

表には出さないけれど、今回の事件でルーファス様は深く傷ついているのかもしれない。殺されそうになったのだ。殺したいほど疎まれたのだ。悲しくないわけがない。そっとルーファス様の頬に触れて、あえて暗くならないように努める。

「そばにいるだけ？　ルーファス様、ひょっとして寂しがりなのですか？」

「うん、ピア限定でね」

これは……私に弱みを見せてくれているのだろうか？　私に心を許してくれているということ？　だとしたら、嬉しい。私はルーファス様を見上げて笑った。

「ではずっとずっとそばにいて差し上げます」

「ふふ、嬉しい。ありがとう。本当に」

額にチュッとキスされた。

「ピアさえ、私を信じてくれれば、他に何もいらない」

「……え？」

急にルーファス様が纏っていた空気が変わる。体に回っていた腕がぎゅっと締められて、全身隈なくルーファス様に重なる。そして、顎を持ち上げられた。

「愛してる。ピア」

ルーファス様の常にない激しいキスに戸惑いつつも、ルーファス様の心が満たされるように祈り受け入れる。やがて私はいつもどおり、愛する人にただ溺れてしまった。

第九章　乙ゲーではないハッピーエンド

まだ足元に雪は残っているが、日差しは随分と柔らかくなってきた。昨年の国王陛下の生誕を祝うパーティーから丸一年経ち、ようやく事件が片付いた。

カイルが温かい新作スイーツを食べに来ないか？　と誘ってくれたので、エリンと共に閉店後のパティスリー・フジに、いそいそとやってきた。

「カイル！　これってパンケーキじゃない⁉」

「これ、うちの卸したベリーとバンペイユね！　こんなに美しくデコレーションしてもらえるなんて感激だわ！」

エリンと一緒に目をキラキラと輝かせる。

「クリームとはちみつをお好みでかけて召し上がれ！」

「「いっただっきまーす！」」

女子二人、無言で食べる。パンケーキの厚みがヤバい！　ふわっふわだ！

「どうかしら？」

カイルがお茶を注ぎながら、そわそわと反応を気にしている。

「JKの時、行列に二時間並んで食べたことを思い出してた」

「あー、一時期、流行ってたよねえ」

私とカイルの話を聞きかじったエリンが顔を上げて、

「え？　これも流行るかしら？」

「流行るよ、もちろん！　エリンのところの果樹園もこれから大忙しだね！」

私は太鼓判を押す。味、見た目、流行る要素しかない。

「うん！　生産が追いつかないなんて本当に嬉しい悲鳴だわ。カイルさん、ありがとう！」

「ふふふ、エリン様と私はウィンウィンでしょう？」

「そうね！　ウィンウィンだわ！」

エリンの顔はすっかり晴れやかになった。一年前と別人のようだ。

「それでさ……えっと、あの事件がどうなったか、聞かせてもらえる？　平民には伝わってこなくてね」

「もちろん。カイルは協力者だから、教えていいって許可を貰っているわ」

事件の関係者のうち望む者には情報が開示されたので、エリンも既に知っている。

あの電撃的なベアード伯爵の逮捕から時を置かずして、ベアード伯爵の関係先全てに家宅捜索が入った。そして王都の屋敷から〈毒鉱物A〉と、革袋に入った〈マジックパウダー〉が発見され、確実な証拠となった。そしてラムゼー男爵によるベアード伯爵家への法外な利息の書かれた借用書も見つかり、両家の繋がりがはっきりした。おそらくラムゼー男爵は大きく膨らんだ借金を返すことができず、ベアード伯爵のいいなりとなったのだろう。

王太子を狙った重大さから異例のスピード裁判が行われ、当然死刑が言い渡された。

「情状酌量の余地もないものね。少しは獄中で反省してくれればいいけれど」

「カイルさん……もう、刑は執行されたの。有力な貴族であっても、罪を犯した者に温情などかけないという、陛下の強いご意向で」

エリンの言葉に、カイルは瞠目する。

「そうなの……その、息子はどうなったの？　毒入りのほうの私のクッキー食べちゃったんでしょう？」

「すぐに吐かされて、きちんと医療師団が開発した解毒剤を飲んだから、健康上の問題はないわ。事件への関与は完全否定していて、証拠もない。疑わしきは罰せずで釈放。ベアード家は伯爵家から子爵家に格下げされて、彼が当主になったわ」

あの、初夏の武術大会でのマリウスを思い出す。ちょっと癖のあるナンパ男だとしか思っていなかった。エリンに、『だからベアードはスタンの敵だと言ったでしょう？』と語っている視線を向けられて、苦笑いをする。

それにしてもあの隠し部屋で投げられた、警戒したような冷めた視線は……偶然だったのだろうか？　いずれにしろ、もう関わりたくない。

「キャロラインちゃんは？」

「彼女は実行犯としての罪は免れないけれど、毒の危険性を知らず利用されただけだったし、毒の解明に繋がる証言をしたっていうことで、終身刑扱いの修道院送り」

「そっか……ピアも、エリン様もキャロラインのせいで随分と辛い思いをしたって私、ちゃんと想像できるのよ？　でもね、キャロラインのこと、同じ平民としてとっても哀れでね……私、たまにうちのお菓子を落ち着き先の修道院に差し入れしてもいい？」

カイルが同じ転生者であるキャロラインに情けをかける。

「カイルさん、私のことは気にしないで。正直あの女のせいでいっぱい泣いたわ。でも、私はしょせん貴族の箱入り娘で、貧乏の辛さも、身を売らねば生きられない地獄も想像がつかないの。彼女のことは許せないけれど、ヘンリーは元に戻った。だからもういいわ」

学長と医療師団が協力して作った解毒剤はどんどん性能が良くなって、ヘンリー様以外の重病だった三人の症状も徐々に改善され、明るい兆しが見えている。

「私も、エリンと一緒。きっとキャロラインはどら焼きを待ってるわ」

「二人とも、本当にいい子ね……お兄ちゃん感激しちゃったわ！」

カイルはそう言って、私とエリンを一度に抱きしめて、それぞれの頭をいい子いい子と撫でてくれた。

「え！　ええ⁉」

突然のカイルの暴挙？　にエリンが慌てふためく。

「エリン、カイルは褒めてくれてるだけ。素直に受け取ればいいよ。私たちのお兄ちゃんらしいよ？　カイル、ありがとう！」

「そ、そうなのね……こんな風に体を使って褒められたことなんか、実の兄にすらなかったから……ふふ、ありがとうお兄ちゃん！」

「可愛い！　私の妹たちってばー！」

カイルの腕の中で、私とエリンは無邪気に笑った。

「俺は見ていない……見ていない……」

マイクが突然念仏を唱えだした。

私は相変わらず研究室に籠って、しばらく進んでいなかった化石の研究に没頭し、ルーファス様も宰相補佐として、エドワード王太子の側近として忙しく過ごしている。その間、エリンやヘンリー様は卒論卒研の最終面接が行われ、二人は無事にクリアした。エリ

ンはもちろん「優」。ヘンリー様は長期の休学が響き「可」でギリギリの卒業だ。

「別にギリギリでもなんでも、卒業しちまえばこっちのもんだって！」

「今の言葉、一言一句、騎士団長に報告するからね！」

「それはやめてくださいお願いします」

二人は少し大人になって、ヘンリー様はエリンに目に見えて甘くなった。

そして私たちは仲良く明日、アカデミーを卒業する。前日の今日は卒業パーティーだ。

何も不安要素はない。もう断罪イベントは一年前に終わり、キャロラインはここから随分離れた海沿いの修道院で静かに過ごしている。でも、本来の〈マジキャロ〉のハイライト場面だけに緊張しすぎて朝から動悸が激しい。

「ピアお嬢様、そんなに緊張しなくても、大丈夫です。とっても美しいですよ？」

サラが私の髪をふんわりとアップにしながら、鏡越しに微笑んだ。

私の今日の装いはレースがふんだんに使われた優しいライトグリーンのドレス。カイルにベータ版の私は深い緑色のベルベットのドレスを着ていたと教えてもらい、明るめにすることで運命の歯車に少しだけ抵抗した。ちなみに緑以外の選択肢はない……。

スカートにボリュームはない。なぜなら今日のプログラムにダンスタイムはないから。

一年前の不幸な出来事のせいで、療養中のフィリップ殿下は参加できない。同級生であるこのパーティーの実行委員の皆様は、踊る気分には皆なれない、今年の卒業パーティ

ーは小規模で、と決定した。私もその気持ちはわかる。でも、ルーファス様に言わせると、

「あとで元気になった殿下に知られたら、めちゃくちゃ怒られるぞ？　勝手に遠慮してお祝い事を自粛して、自分に恥をかかせたって。フィルは気を使われるのが大嫌いなんだから」

早く、元気になったフィリップ殿下に皆で怒られたい。もちろん卒業式にも参列されないけれど、優秀なフィリップ殿下は既に必要な単位は取得済みで、一緒にご卒業だ。

〈妖精の涙〉を身に着けたところで、ルーファス様が我が家に迎えに来た。

「ピア、今日は一段と綺麗だね。早春を告げる女神のようだ」

「それはさすがに……ルーファス様は安定のかっこよさですね」

今回のドレスコードはフォーマル、もしくはこれからの就職先の制服だ。ルーファス様はこれからも宰相補佐なので、変わらずオーダーメイドの黒スーツ姿だ。

今年の国王陛下の生誕パーティーはちょうど例の事件がごたごたしている頃で、学長が中止にした。なので私たちは立太子の儀以来のパーティー参加となる。

「ルーファス様、今夜のピアはうちに帰ってきますの？　いよいよ学生も終わりですし、少しくらいハメを外してもいいんですのよ？」

「お母様っ！」

母が暗に昨年の、今夜は帰らないと言って帰ってきちゃった事件を思い出させる。

「お義母上様、今日は早めに帰します。明日は卒業式ですし、ばたばたと落ち着きのないことをしなくとも、すぐに一緒に暮らせるようになりますので」

「「へ？」」

最後の言葉は謎のまま、私はルーファス様にエスコートされて馬車に乗り込んだ。

例年に比べ小規模とはいえ、会場である講堂はお祝い事らしく華やかな雰囲気に包まれていた。そんな中、ルーファス様と腕を組んで入場する。昨年は顔バレしたくないのでこっそり一人、裏口から入った。

皆がルーファス様に注目している。結局アカデミーにあまり顔を出してくれなかったこの麗しい顔も明日で見納めだからだろう。気持ちはわかる。絡まれるのが面倒なのかルーファス様は私をぎゅっと引き寄せる。私を防波堤にしたいのかしら？

「ピア！」

光沢のある朱色……ヘンリー様の髪の色そっくりな、情熱的なドレスを着たエリンが小走りでやってきた。そして後ろからヘンリー様。ヘンリー様は卒業後騎士団に入団が決まっているので紅蓮の制服姿だ。なかなか様になっている。

「誰が言ったか、制服を着ると魅力が二割増しって本当ですのね……」

「おい、ピアちゃん！　失礼だなっ！」

ヘンリー様は怒るふりをしたあとで、ニカっと歯を見せて笑った。元気になって……本当によかった。

「ピア、そんな楽しそうにヘンリーを見つめるな！　出入り口近くは寒い！　奥に行くぞ」

私たち四人は連れ立って、右端のまだ無人のテーブルに落ち着いた。

本日のパーティーが小規模ながらも幸せなオーラを放っている理由はテーブルの上にある。なんとホワイト領のフルーツをふんだんに使ったパティスリー・フジのお菓子が所狭しと並んでいるのだ！　皆、興味津々で摘んでいる。

エリンは卒業後、ホワイト領の特産品の売り上げを前年比二倍にすること、アンテナショップを完全に黒字経営にして軌道に乗せることを目標に、お父様のもとで働くとのこと。

「貴族女性が働くなんて！」と遠くからお母様が反対なさったそうだけど、意にも介さなかったらしい。

「エリン、この場にフルーツを持ち込むなんてやり手だな。結局アカデミーは将来有望な子弟の集まりだからな。これでは次期侯爵の兄上殿、立つ瀬がないんじゃないのか？」

「兄は兄で、することがありますでしょ。きっと」

ルーファス様もエリンに感心している。私の親友は有能なのだ。

「ヘンリー様は、エリンが商売に夢中になっていていいの？　結婚が遅れてしまうのでは？」

「俺は口を挟める立場にないっつーの。エリンがその気になるまでいつまでも待つさ。そもそもエリンが熱心にフルーツを売ってくれるのは、小さい頃に俺がお菓子よりも果物が好きだって言ったから……」

「ちょ、ちょっとヘンリー！　黙ってて！」

エリンが慌てて遮った。そこにアナウンスが響く。壇上を見ると、相変わらず立派なおひげに黒いローブ姿のラグナ学長が、グラスを手に笑っていた。

「それでは卒業生たちの輝かしき未来に、乾杯！」

「「「乾杯！」」」

私たちはチンとグラスを合わせて、一息で飲んだ。いつの間にか、私のグラスだけノンアルコールに代わっていた。思わずルーファス様を睨みつけると、彼は右の口の端をくいっと上げて、一口サイズのタルトを私の口に押し込んだ。これでは飲み込むまで恨み節を言うことができない。

「皆様、ご卒業おめでとう」

凛とした声に振り向くと、ピンクの生地に金のゴージャスな刺繍が入ったドレスを纏ったアメリア様が、エドワード王太子殿下のエスコートで立っていた。

私たちが膝を折ろうとすると、殿下がニコニコと止めた。

「今日の私はただの下級生だ。先輩方おめでとうございます。ロックウェル博士、ホワイト侯爵令嬢、ちょっとルーファスとヘンリーを借りるよ？」

殿下は二人をステージの端に集まる男性の集団に無理やり連れて行ってしまった。

「お二人だけとお話ししたかったから、殿下に手伝っていただいたの」

常に品行方正なアメリア様がペロッと可愛い舌を出したので、私とエリンは目をむいた。

「ねえ……あれから一年。こうして穏やかな気持ちで卒業を迎えられるなんて思ってもみなかったと思わない？」

ああ、アメリア様は、その内緒話をしたかったのか、女だけで。

「……ええ。あの頃はすっかり諦めておりました」

エリンが足元を見つめてそう言った。

「……苦しいことも、悲しいこともあったけれど、お互いに自分の立場でできることを考えて、もがいて、乗りきった！　私たち、かなり頑張ったと思わなくて？」

アメリア様が切なげに微笑んで、首を左に傾けた。

「おっしゃるとおりです！」

私は意気込んで賛同し、大きく頷く。

「シェリー先生は留学でもう海を渡ってしまったし、アンジェラは下級生だから欠席だけど、三人で、健闘をたたえ合いましょう！　そして……私もあなたたち二人の友人の一人にして……もらえないかしら？」

「「もちろんです！」」

まさか、常に完璧で、そうあろうと努力されている次期王太子妃アメリア様と、お友達になれるなんて……モブ人生に奇跡が起こった！

私たちは再びグラスを手に取った。

「では、無事、婚約破棄という修羅場を切り抜けて」

「ヘンリーも、他の婚約者の皆様も元気になって」

「こうしてお友達になれたことを祝して」

「「「かんぱーい！」」」

私たちはにっこり笑いながら、ちょっぴり目をうるませて、辛かった日々のことを思い出に変えた。

顔の広いアメリア様とエリンは他のテーブルに挨拶回りに行った。私は一人、いつもの壁の花に戻り、感慨深く周りを見渡す。

婚約者と友人と家族と卒業を祝える自分なんて、十歳の私には想像がつかなかった。

テーブルのお菓子でもゆっくり食べようと目の前を見ると、エリンのフルーツを使ったものはほとんど消えていた。人気があって何よりだ。

そんな中、奇妙なお菓子がポツンと売れ残っていた。ピンクの粒々の集合体にそれよりも一回り大きいガーネット色の粒が混ざって、小さな器にこんもり盛られている。

「これって……お赤飯じゃない……」

ドキドキしながらひと皿に取って、スプーンで一口食べる。小麦粉をうどんのようにこねた後ちぎり、薄く色をつけて小さく丸めて湯がいたもののようだ。赤の粒はベリー味の堅めのゼリーだった。完コピは見た目だけだった。

「カイル、もち米も小豆も見つからない～！　って嘆いていたっけ」

それでも、なんとか代用品を見つけて、それらしく作ってくれたカイル。味は今一つだけど、プライスレスだ。今日を無事に迎えられた意味を、正確にカイルはわかってくれて、私に何か特別なものを！　と思ってくれたのだ。彼のメッセージが胸にジーンと沁みる。

「ピア！　一人になったらダメだろう？　なんだその得体のしれない物体は？」

ルーファス様が一人、怖い顔をして戻ってきた。

「遠い異国の、お祝い料理なんですよ？　いかがですか？」

「美味しいの？」

「いえ、あんまり」

「じゃあ勧めるな」

「私には、特別なのです。そう言わずに私のために一口食べてください？」

私はこの喜びを分かち合いたくて、無理やりルーファス様の口にねじ込んだ。

「っ！　……こんな親密なことを許すのはピアだけだぞ？　それにしても微妙な味だな」

「問題は見た目です。黒ゴマと塩を振りかけてみたいのですが、どこかにないかしら？」

「これに塩？　ピアの味覚はどうなっている？　クロゴマとはなんだ？」

その後も閉会まで私たちは二人で穏やかに過ごした。今日一日、最初から最後まで、〈マジキャロ〉とも、昨年のパーティーとも全てが違った。私はこれで本当にこの世界で生き延びることができたのだと、ようやく区切りをつけることができた。

そして翌日、私はめでたく、三年間のアカデミーの学生生活を卒業？　した。

卒業式の翌日、私は今、色とりどりの早咲きの花が咲き誇る王宮奥の、限られた人間しか入れないであろう煌びやかな小会議室に通されている。
広めのテーブルの、正面である一番の上座にはジョニーおじさ……ではない、ジョン国王陛下が準礼装姿で座り、両脇に付き人が一人ずつ立っている。
テーブルの向かって右側にスタン侯爵と夫人、そしてルーファス様。
左側に私の両親であるロックウェル伯爵夫妻、ラルフ兄、そしてミントグリーンのおとなしめなドレス姿の私。こちらは全員顔が引きつっている。母も兄もおそらく陛下に会うのは初めてだろう。初対面がこの至近距離になろうとは……。

我がロックウェル一家はルーファス様から昨夜唐突に、この会場に来るよう連絡があったのだ。もちろん逆らえるはずがない。

「陛下、私とピアの家族が全員集いました。皆忙しい中時間を作りましたので、もちろん許可していただけますよね？」

黒のスーツに前髪をオールバックにし、やる気満々？　のルーファス様が口火を切った。一国の王相手にこんなに強気でいいのかしら？

許可とはもちろん私とルーファス様の結婚のことだ。不受理になってもう一年が過ぎた。皆と共に卒業するまで待ちなさいというお義母様の前向きな提案を呑み、引き下がったルーファス様。今回は陛下に何も文句を言わせないつもりらしい。

前回の婚姻届で満たしていなかった条件、『王宮で、双方の当主が揃い、両者の目の前で署名』をクリアして、これまた、問題になった保護者欄には双方の家族全員が署名した。

「二カ月前から私のスケジュールは押さえられていたぞ？　抜かりのない奴だ」

そう言って苦笑しながら、陛下が目の前で婚姻受理のサインをした。こうして私とルーファス様は結婚した……なんともあっさり。

ルーファス様の用意周到っぷりについていけない。

「ここにスタン侯爵家嫡子ルーファスとロックウェル伯爵家息女ピアの婚姻が相成った。おめでとう。二人とも今後も両家の家族への感謝を忘れず、一層精進するように」

陛下がありがたくもお言葉をくださった。

「我が国と陛下の御代の発展に、両家共々より一層精進し、尽くしてまいります」

お義父様が代表して返礼し、全員で頭を深く下げた。

大事な書類が片付けられると、テーブルの上は香りのいいお茶と、カイルの色とりどりのマカロンがウエディングケーキのように高く芸術的に積み上がっていた。

「ピアはここのお菓子が大好きだからねえ」

陛下は一瞬ジョニーおじさんの顔になってにっこり笑い、場の雰囲気が緩んだ。

「正直なところ、こうもあっさり認めていただけるとは思っておりませんでした。私のことはパスマ王国に入り婿させる気かと思っていましたよ」

「ルーファス、悪かったよ。パスマは数少ない信じられる友好国。あまり波風を立てたくなかったのだ。婿入りなんて考えてもいなかったぞ？　そんなことをすれば国が割れることくらいわかっているさ」

陛下が困ったように眉毛を八の字にする。ロックウェル家はこの恐ろしい会話に身の置き所がなくて、全員背中から汗がしたたり落ちている。

「それに、今回のルーファスとピアの働きは金銭に換算することなどできない。国の宝である四人の若者の健康を取り戻し、その家族に再び希望をもたらしてくれた。本当に感謝している。何かお礼とお祝いを贈らねばな」

「いえ、私は何も！　私一人では何一つ実行に移せなかったでしょう。全てルーファス様がお膳立てしてくれたうえで、私は動いていただけです」

私は慌てて種明かしした。あの報告を鵜呑みにされると困る！　するとルーファス様が、大げさにため息をついた。

「はあ、相変わらず自分の功績に無頓着なのだから……陛下は十分ご理解していると思いますが、全てピアの閃きが発端となり解決しました」

「うむ、そうだな、二人であればこそ、それぞれの実力を最大限発揮できるようだ。そんなお前たちを引き離せるわけがない」

「有能な臣下に恨まれたくはないですわよねえ。何やらパスマ以外の隣国が……きな臭いですもの」

お義母様が優雅に口元を扇子で覆って口を挟んだ。

「ビアンカ……君も怒っているんだな。まあ否定はしない。優秀で忠実な臣下との仲を、より一層強固なものにしておきたいと考えるのは、当然だろう？」

後から聞くと、お義父様だけでなくお義母様も陛下とはアカデミーのご学友で、親しく話すことが許されているらしい。そんなこととは知らないロックウェル家は、緊張感漂う会話にもう失神寸前だ。

大人の会話が繰り広げられる中、ルーファス様が一番末席にいる私のもとに来た。

「ピア、手を出して」

ルーファス様が私の薬指に、金に小さなエメラルドとダイヤをバランスよくちりばめた指輪をつけてくれた。

「素敵……いつか一緒に見た星空のよう……ありがとうございます！」

「ピアの発掘や研究に極力邪魔をしないものにしたのだけれど、どうだろう？　ピアの身を護るものだから、決して外してはダメだよ？」

なんと、〈毒鉱物A〉を探している時に私が採掘して、ほったらかしていたものをダガーが拾って、ルーファス様が加工してくれたとのこと。

「嬉しい。あの日の思い出もこもっているのですね」

「どういたしまして。ピアも私につけて？」

ルーファス様はポケットからもう一つ、石がない以外は私のものとデザインがお揃いの指輪を取り出し、私の手のひらに載せた。それをそっと摘み、ルーファス様の骨ばった、いつも私を守ってくれる手を握って、薬指に滑らせた。

「ルーファス様、似合っています」

かっこいい人に似合わないものなんてないのだなと、改めて思う。

「うん。ありがとう、ピア」

「……どういたしまして？」

二人だけの小さな儀式が終わると、ルーファス様が私の腰を抱いて、くるりと家族や陛下に向き直った。

「では私たちは明日から一カ月ほど結婚休暇をいただきます。先ほど陛下がおっしゃっていたお祝いということでよろしいですね？　その間に結婚式の準備も済ませ、夏までには挙式と披露宴をスタン領で行おうと思います。皆様そのおつもりで」

「待てルーファス！　華やかな披露宴はイリマ王女の反感を買う！　これ以上は刺激できん。そこだけは許せ！」

「そもそも我々は派手好きではありません。領地にてひっそり行いますので、ご心配なく。では、皆様、我々はこれにて下がります。ピア、行こう」

「いや、私もお忍びで参列したい！　頼む、呼んでくれ！　ルーファスー‼」

陛下の声を背に、私は慌てて家族と陛下に深々と頭を下げ、ルーファス様を追いかけて、王宮をあとにした。

いつもよりも小さめの初めて見る馬車にルーファス様に手を貸してもらって乗り込む。

横並びのルーファス様とかなり近い。御者もいつもと別人だ。

「ああ、この馬車は私が買った。ピアと二人のうちはこの大きさで十分だ。御者含め使用人も新しく雇ったから、あとでまとめて紹介するね」

想像はついたけれど、馬車が到着したのは一年前玄関先までやってきた、私たちの新居だった。なるほど、居を分けたならば馬車も別に一台必要だ。

お屋敷全体を改めて眺める。前回は夜だったからよくわからなかったけれど、ベージュの壁にこげ茶の屋根のこじんまりした家だった。周りにはたくさんの春の花。

「温かくて……可愛らしい家ですね」

ルーファス様の洗練されたイメージとは少し違う。ということは、私のために選んでくれたのだろう。

「この大きさならば、お互いどこにいるかわかるし、ピアを守りやすい。やがてあの広い屋敷に戻らないといけないからね。それまではここで気楽に過ごそう。では……」

「きゃっ！」

ルーファス様にあっという間に抱き上げられた。慌てて彼の首に手を回す。

「な、なんで？」

「カイルが言っていたぞ？　新居に入る時、新郎に抱いてもらわなければ幸せになれないという予言を見たと。ピアの予言でもそうなのか？」

「え、えっと、どうだったかしら……」

カイル、それは欧米では？　日本でそれをしたという人は知らないけれど……でも前世結婚したことがないし、流行っていたのかしら？　それともカイルに嵌められている？

ルーファス様が私を抱いたまま玄関に進むと、扉が勝手に開いた。自動ドア？　と思ったら、室内からマイクが開けてくれただけだった。

「ルーファス様、ピア様、おかえりなさいませ。そしておめでとうございます！」

「「「おめでとうございます！」」」

「サラ！　マイク……皆様も……」

そこにはマイクを先頭にスタン侯爵家の黒い侍女服に着替えたサラと、お義母様付きだった馴染みの完璧侍女様、そして若い執事見習いだった男性が並んで待っていた。

「皆さん、私たちの生活のお手伝いをしてくださるの？」

「そうだよ。立候補してくれた。でも彼らは後回しだ」

木目を重視した内装を眺める暇もなく、ルーファス様は階段を上り、一番奥の大きな扉を開けた。明るいグレーの壁紙の、シックなこじんまりした部屋。大きな家具はソファーとテーブルとベッドだけ。

ルーファス様は私を抱いたままソファーに座り、右手で私の頬を壊れ物のように包み、触れるだけのキスをした。

「長かった……ようやく契約を履行できた。これでピアは身も心も私の……妻だ」

賭け内容を書面で契約した幼い日を思い出す。出会って十年、婚約して九年。その大半を怯えて過ごした。この人と結婚できるなんて、まだ夢の中ではないだろうか？

ルーファス様が愛おしげにご自身の高い鼻を私の鼻と二度三度と合わせる。とても近い距離で見つめられる。ドキドキする。

「わ、私はルーファス様以外を見たことはありません！　は、初恋ですよ？」

「うん。でも、誰かにかっさらわれる心配もあっただろう？」

私が測量などという珍しいことを始めたせいで、誘拐？　の心配を増やしてしまった。

「でも、そんな時は、ルーファス様が迎えに来てくれるのでしょう？」

「もちろん。必ず見つけ出す。私とピアを引き離すものは誰であれ容赦しない」

何を思い出したのか、ルーファス様は冷たく瞳を光らせる。そんな顔をしてほしくなくて、私は慌ててルーファス様を温めることができる言葉を探す。

「何度でも誓います。ずっとおそばにいます。邪魔だと言われても、ひっついてます！」

ルーファス様の張りつめたオーラが途端に緩み、切なげに呟かれる。

「邪魔なんて思うわけがない。こんなにも愛しているのに」

こうしたふれあいに少し慣れてきたとはいえ、こうもストレートに告白されると……。

恥ずかしすぎて、ルーファス様の胸に顔をうずめると、頭の上でちゅっとリップ音が鳴り、体が浮いたかと思ったら……ベッドに横たえられていた。思わず目を見開く！

「え？　あ、あの……」

「ピア、私との二度目の賭けを忘れたの？」

――ルーファス様が陛下から結婚の許可をもぎ取るのが先か、私が五十センチ以上の動物の化石を見つけるのが先か。ルーファス様が勝ったら、その瞬間からまるまる一カ月、ルーファス様の腕の中にいる――だった？　ルーファス様は私の顔の両横に肘をつき、体重をかけないように覆い被さっている。今まさしく腕の中、だ。

「観念して？　私の奥さん」

軽い言葉と裏腹に、ルーファス様は真剣な瞳で真っすぐ私のそれを射抜く。するとあたりを神聖な空気が包み、この世界に私たち二人きりになった。心が震えてごく自然に瞳を閉じると、彼はゆっくりと誓いのようなキスをした。

そっと目を開けて、すぐそばのグリーンの瞳を見つめ返すと私だけが映っている。それは昔からずっと変わらない。前世、裏切られた経験があるゆえに、思わず涙が溢れる。

「す、好きな人に、好きになってもらえるって、私、奇跡だと、知っています」

ルーファス様が目を見開いて、親指で私の涙をぬぐってくれる。

「私をずっと信じてくれて肯定してくれて……ありがとう……私がご褒美になるのなら、貰って……ください？　私だってルーファス様のこと丸ごと全部、愛してる……もん

「……」

なんとか想いを言葉にして、自分から初めて目の前の唇にキスをした。涙は止まらないけれど、感謝を込めて頑張って笑った。

「……もうどうしようか……可愛すぎて辛い……私のピア……大好き……」

ルーファス様の甘い囁きに感動しながら、私は目を閉じ、彼に身をゆだねた。

その時、バターン！　と音をたてて、私たちの部屋の扉が開いた！

「きゃーあ！」

悲鳴をあげる私を背中に隠したルーファス様が、ドアの方向を睨みつける！　そこにはお義母様の完璧侍女様が立っていた。

ルーファス様が唸るような声で問いただす。

「……メアリ、なんの用だ？」

「奥様から、若奥様の純潔は結婚式で神に誓いをたてるまで守るようにと言いつかっております」

「……はあああ!?」

ルーファス様は、膝からくずおれた。

エピローグ

「信じられない……五十センチを超える生物系の化石を見つけてしまった……あと一カ月早ければ、ルーファス様との賭けに勝って、ぎゃふんと言わせることができたのに……」

私はいつものスタン領のルスナン山脈化石スポットで、前世現世にわたって念願だった大物生物？　の化石を見つけて全身をプルプルと震わせた。

私たちは新婚休暇を新居で一週間ほど過ごしたのち、いそいそとスタン領にやってきた。トーマ執事長はじめ、こちらの使用人の皆様も、私たちの結婚を泣いて喜んでくれた。

そして、移動疲れが取れたところで、毒やらなんやら関係なく、ようやく無心で化石を探していたら、ソレはそこにあった。

「ピア、どうしたの？」

私が固まっているのに気がついたのか、黄緑色の若葉が萌える木陰で読書中のルーファス様が、今日も元気なダガーとブラッドを引き連れて後ろからやってきた。

「……ルーファス様、ココからココまで七十センチほど、土が細長くボコボコっと隆起してるのがわかりますか？　モソモソした見た目で」

「ああ、ここ？　他と土の質が違うように見えるね。これも化石なの？」

ルーファス様がその山肌に顔をくっつけるので、ぎょっとして、ぐいっと引き離す。

「はい、立派な化石です」

「ピア、いつもみたいに大喜びしないんだな？　これ何の化石なの？」

「Tレックスの……」

「Tレックス？　ああ、最大最強のドラゴンね？　すごいじゃないか！　それの？」

「……糞です」

「ふん？」

「……う○こです」

「……えええ～！」

「引かないでくださいっ！　大発見なんですからっ！　この大きさから個体がどれだけ大きかったか想像ができるでしょう!?　中に骨片があるから肉食竜であることに間違いないし！　絶対にTレックス！　何より糞があるってことは、近くに本体も絶対あるんです！　このルスナン山脈に！　これは世紀の大発見なんです!!」

「世紀の大発見って言っても……結局う○こだろ……」

「うわーん、ルーファス様のバカー！　わかってくれないー!!」

私は涙を浮かべてポカポカとルーファス様の胸元を叩く！　私だって正直もうちょっと

スマートなものを掘り当てたかった！

「はいはいはいはい、わかったわかった。私のピアならいつかきっとTレックスの全身標本を見つけられると信じてる。私の全財産を賭けてもいいよ」

ルーファス様はそう言うと、パチンとウインクしてなだめるように私の頰にキスをした。

「もう！　ルーファス様ってば、簡単に全財産なんて言って！」

ふざけたような言い方だけど、ルーファス様は本気だ。幼い頃から、私をひたすらに信じて愛してくれる誠実な人。私の前世からの心の傷はルーファス様の慈愛に包まれて、いつの間にか痛むことはなくなった。どうすればこの最愛の人に今日も感謝を伝えられる？

「じゃあ私は、ルーファス様と楽しい家庭を築くことに……この化石を賭けます？」

「いらん！　それに楽しい家庭は決定事項だから賭けにならない」

「えー！　私だってたまには勝てる賭けをしたいです……」

私が口を尖らせるとルーファス様は私を高く抱え上げ、くるりと回って柔らかく笑った。

「では結婚式で、泣かなかったほうが勝ちだ。敗者は勝者に参列者の前でキスね？」

「こ、今度こそ負けないっ！　私、ぜーったい泣きませんからねっ！」

弱気ＭＡＸ令嬢だった私は、またもや辣腕旦那様の賭けにうっかり乗ってしまった。

おわり

あとがき

このたびは「弱気ＭＡＸ令嬢なのに、辣腕婚約者様の賭けに乗ってしまった」二巻をお手に取っていただき、誠にありがとうございます。皆様の熱烈なラブコールのおかげで「弱気ＭＡＸ」の続巻を出すことができました！　飛び上がるくらい嬉しいです！

「『弱気ＭＡＸ』のいいところはズバリ、ストレスフリーなところですよっ！」という担当編集様のアドバイスを受けまして、二巻でもハラハラドキドキするのはピアだけです。すまん、ピア。皆様は引き続き心穏やかにお読みいただけると思います。

ルーファスには作者の少年マンガ脳のせいで、試合という場面を設けて戦ってもらいつつ、遺憾なくピアへの溺愛っぷりを発揮してもらいました。悶えながらビーズログ文庫の限界ギリギリ？　まで書きましたので、共に激甘な沼に首まで浸りましょう！

また、もしも二巻が出せるなら、一巻で書き足りなかった女子たちの友情編にしたいとも思っていました。大好きな親友エリンやヒロインのキャロライン、正規悪役令嬢アメリア様と、弱気ＭＡＸだけれどまっすぐで優しいピアがどう関わっていくのか、見守ってほしいです。それぞれの事情や心情に、皆様が納得していただければいいなと願っています。

ところで「弱気ＭＡＸ」ですが、なんとＦＬＯＳ　ＣＯＭＩＣにてコミカライズしていただきました！　最高に幸せです！　第一話から神美貌のルーファスが登場し、惜しみなくイケメンを拝めます！　さらに、翻弄されるピアの表情がとにかく笑えます！　こちらも是非ご覧になってください。


それでは改めまして謝辞を。

書き下ろし執筆作業に何度も躓く作者を今日まで導いてくれた担当編集Ｙ様はじめ、出版に関わってくださった全ての関係者の皆様。そして相思相愛になったルーファスとピアを甘く美しく描いてくださったＴｓｕｂａｓａ．ｖ先生、懐かしい子ども時代の二人をキュートにコミカルに動かしてくれるコミカライズの村田あじ先生、厚く御礼申し上げます。

そして一巻に引き続き、ピアとルーファスと化石を愛し、応援してくださった全ての読者の皆様に感謝いたします。たくさん笑っていただけると……いいなあ。

最後になりましたが、これからの皆様のご多幸を心よりお祈りいたします。

またお会いできますように。

小田ヒロ

■ご意見、ご感想をお寄せください。
《ファンレターの宛先》
〒102-8177 東京都千代田区富士見 2-13-3
株式会社KADOKAWA ビーズログ文庫編集部
小田ヒロ 先生・Tsubasa.v 先生

●お問い合わせ
https://www.kadokawa.co.jp/（「お問い合わせ」へお進みください）
※内容によっては、お答えできない場合があります。
※サポートは日本国内のみとさせていただきます。
※Japanese text only

弱気MAX令嬢なのに、辣腕婚約者様の賭けに乗ってしまった 2

小田ヒロ

2021年3月15日 初版発行
2022年9月5日 7版発行

発行者　青柳昌行
発行　株式会社 KADOKAWA
〒102-8177 東京都千代田区富士見 2-13-3
（ナビダイヤル）0570-002-301
デザイン　伸童舎
印刷所　株式会社KADOKAWA
製本所　株式会社KADOKAWA

ISBN978-4-04-736523-0 C0193

定価はカバーに表示してあります。

◆◇◇